U0573542

大地帖

2024
中国年度散文诗

王剑冰 ■ 选编

DA
DI
TIE

漓江出版社
·桂林·

图书在版编目（ＣＩＰ）数据

大地帖：2024 中国年度散文诗 / 王剑冰选编 .

桂林：漓江出版社，2025.1. -- ISBN 978-7-5801

-0114-3

Ⅰ . I227.6

中国国家版本馆 CIP 数据核字第 20240LU847 号

DADITIE：2024 ZHONGGUO NIANDU SANWENSHI

大地帖：2024 中国年度散文诗

王剑冰　选编

出版人：梁志

责任编辑：胡子博

书籍设计：石绍康

责任监印：张璐

出版发行：漓江出版社有限公司

社址：广西桂林市南环路 22 号　邮编：541002

发行电话：010-85891290　0773-2582200

邮购热线：0773-2582200

网址：www.lijiangbooks.com

微信公众号：lijiangpress

印制：北京中科印刷有限公司

[北京市通州区宋庄工业区 1 号楼 101 号　邮编：101118]

开本：690mm×1000mm　1/16

印张：19.5　字数：275 千字

版次：2025 年 1 月第 1 版

印次：2025 年 1 月第 1 次印刷

书号：ISBN 978-7-5801-0114-3

定价：48.00 元

目 录
contents

辑 一

辑 二

辑　五

辑　六

辑 一

大邦之器 [组章]

林新荣

瓷甬钟之歌

我不知瓷甬钟，有没有金属之音。

在空旷的殿堂，它的绕梁之音，有如洪钟般壮美。

这些音韵，埋在瓷的痕纹里，小钮里，釉色里，藏在匠人粗糙而勤劳的双手里。

在槌的一点一点击打下，庄严的氛围，也一层一层厚重起来，为什么它的秘密却握在乐伎的棒槌与手里？

我在博物馆里走过时，蓦然恍惚了，这些音韵，埋进去，也许是一瞬间，取出来，却成永恒了——一颗远古的心。

在不该出现时，忽然呈现了。

在该洪亮时，却突然喑哑了。

对时光，我忽然产生敬畏。

俯瞰一只建盏

漫天的星斗，都汇聚在一起。

——浓缩在一只泥盏里。

在火光里，蓦地，漫天星斗出现了——是火光蹦进去了？是星光躲进来了？还是月华一笔一画勾起来的？

是岁月，把自己的襟怀，自己的了悟，一股脑揉捻进来的！

"建盏行茶沃兔毫"，在贡茶院，是后山的一道绿影，一滴甘露，是清逸的老者，轻挥羽扇纶巾，一下一下，用氤氲的茶气，浸润的。

碎了的莹碗

是一只碟，还是一个碗，它的光泽是寥落的，从容的。

一只白皙的手缓缓地端起，又失手落下，一双秀目望向远方。远方有什么？

楼阁外，群山如波浪，波浪恰似群山，却静默不动。静默不动，却有竹梢舞动。

到了夜晚，到了月下，盈盈的月光泼在莹碗上——天上一个月亮，地上有个莹碗。

天上，地上——月轮里有莹光，莹碗盛满白雪。

"嗞"的一声，莹碗，自己把自己碎了。

羽扇，风的形状

羽扇纶巾，真的是风度翩翩。

羽扇一摇，谈笑间，樯橹灰飞烟灭。

此时，我凝视手中这把扇，轻摇，竟是如此轻巧：鹅毛，雉尾、鹤翅、雕翎。

这些时光认定的材质，已被时代消除。

岁月遗留的，我在收藏馆，轻轻拿起，沁凉的是象牙柄，精美的是羽色，轻柔的是清风。

一下一下，我小心地摇着：鹤翅张开了，雉尾摇动了，白鹅在溪水中亮翅——

古人，把生活过成了艺术。

青铜剑

削铁如泥。

这是一把淬血的剑，一经打磨，像电光石火，横空出世——撒开的剑花，围绕着，招招致命。

傍晚，夕阳正圆。此时的剑，已握在一个侠者手中，唯见他缓慢地挥舞，竟把夕阳斩成一截一截。倏地向上一指，天地，竟为之一亮。

跃下陡崖的侠者，收剑，盘坐，入定。

一位童子，立在身后。

一位弟子，轻拂七弦，是一曲《广陵散》。

松风里有龙吟之声。

兵马俑赋

有人说，兵马俑的表情像极了陕西人。

两千多年前的秦人，难道都是这样的？他们的强弩，他们的铁骑踏平六国时，强悍的气息呢？

隔着玻璃，我静静凝视，短褐、鱼鳞甲，内敛，垂眉，静静伫立，这是两千年前的军纪吗？

——规整，划一。

这是如何做到的？

我暮地一惊，唯见王者一挥手，一个时代就缓缓地拉开帷幕：战车、鞍马、铜铍、长矛、箭矢……他们，或竖射、或跪射、或列阵，每一尊都具有非凡的气度，只是此时，这支虎狼之师两手空空，目视前方……我想，只要每人发放一支戈，或一杆矛，再供上粮草，立刻就能车辚辚，马萧萧，搭箭张弩，霸气冲天。

——在时光的恍惚中。

铜镜赋

揽镜自照，镜里的某人，有一颗好头颅。

揽镜自照，把红颜照成白发。

揽镜自照，无非正衣冠。无非守江山。无非垂清泪。

揽镜自照，撷一片日光贴镜上。

揽镜自照，采一缕月华夹镜里。

——镜花两相映。

揽镜自照，揽镜自照哦。照光阴。照寂寞。照自己。

揽镜自照，宜子孙。知兴替。明得失。

——揽镜。揽镜者，鉴国。鉴家。鉴自己。

青铜鼎赋

只有王者才有这样的气概与权威，尊严与权势。

一言九鼎。

多么霸气的话！

从此，鼎就成了一种象征，一种梦想，一种隐秘。

在匠人的精凿细磨下，鼎，四平八稳，威武雄奇，浑身散发着一种神秘的气息。

王者常透过时空，揣摩纹饰。它宣示的是五风十雨，盈车嘉穗，六畜兴旺，祥瑞安康。

——鼎。鼎。鼎！

人们常在心里这样呼唤。

鼎是敞口的宇宙，内里藏着星空与时光。

时光幽邃，星空璀璨。

鼎，不动声色，象载昭庭。它的纹饰，像上天的预言，用虚空遗落一道道符箓。

山河破碎了，鼎就隐遁了。

鼎，即景星凤凰。

青铜面具赋

这或许是王者的象征！

浓眉大眼，青眼瞥天后，慢慢垂下，足下是地，是能长出五谷杂粮的大地、秣马厉兵的大地。

隆起的大鼻，嗅天嗅地，一双大眼再次睁开时，三千里江山历历在目。

哦，溥天之下，莫非王土？你张开大耳，前后，左右，上下……由于极尽全力，双耳竟越来越大，越来越长，两眼，也越来越凸——凸出的是虚幻的眼珠子——世间的动静，都在你的把控之中？

——"宥然汾上，厚泽如春。"你咧开的嘴巴，慢慢合拢，一张青铜竟被打磨成眯眯笑。

避开锋芒与内心。

——这是王者的哪一类心象？

青铜四羊方尊赋

很奇异！四头羊，组成了一个青铜方尊。

本来走四个方向的，此时却驭着同一尊酒，穿同一双鞋，竟团结了起来，好像谦谦君子。

羊，祥也——它们就是祥瑞、雄健、团结与至尊。

这尊酒器，像张凳子，是酒中的礼器。

这尊礼器，只有巨人才举得起：一祀天神，二祭地祇，三敬人神。这个礼仪中的酒器，世间唯有威望能将其捧起，绕祭坛一周，得道者把陈年美酒一饮而尽！

——这是个神话传说?

青铜神树赋

火是神奇的鸟。它,就喜欢在篝火上舞蹈——

跳着,跳着,就跃到一棵神秘的青铜树上。

一只,两只,三只……

竹柏,苦槠,银杏,都扎根在山梁,它们的虬枝巨干,都有三千年岁数,却照样活不过这棵神树。

它的神异之处,还在于三缄其口,对天,对地,对人,似乎什么都说了——弯弯的鸟喙,发芽的枝条,点亮的烛火,包括倚在树上的太阳。

说了话的神树,开始保持沉默了。

篝火围着舞蹈,舞蹈唱着歌谣。歌谣围着扭动的腰肢。

哦,灵异的神树什么都不说,又仿佛什么都说了。

什么都说了吗?

——倏地,它隐入篝火与云层中,碎了,融了。

马超龙雀赋

(又名马踏飞燕)

这是上天给它的旨意。

飘逸矫健,龙骨锋棱,敲之丁丁带铜声。在缥缈的云层中,你是一颗俊美的流星。

有一天,你寂寞了,折身而返,喜欢上了龙雀:一会儿驭着蹄,一会儿翻到你背上,一会儿啄耳廓。这两种神物,其实属同一个魂灵。

它们在莽林的交汇,石破天惊。

—— 一个叫天雷,一个叫地火。

哦,云上,雪中,山中,水上——眼神里有光明、欲念与柔情,仿佛看穿了什么，又领悟了什么！

就这样时上时下，时合时离。

黄金面具赋

一片破窗而入的月光，打造不出黄金面具。它需要的是日光与地火的精华。

你积蓄着。把一颗心藏起来，藏起的，其实是谋划与企图。

从戴上面具的那一刻，神魔就附身了。

你先窥地，再窥天，人是其中的附属部分——在天地间，他们是蝼蚁。

你在面具后，威严而高贵——一缕日光打来，你神采奕奕，光芒四射。你忽然昂起头，无声地大笑起来。

地上匍匐的都是面具膜拜者，他们大气都不敢出。

——这是诠释五体投地吗？

——其实，面具也是，他自己崇拜自己！

原载《散文诗》（人文综合版）2024 年第 4 期

箜篌引 [组章]

阿　土

一

十万双耳朵能否在同一组音符里，听出迥然的旋律？

音色如水，如滑过夜空的流星，悄无声息地吻了一张张沉湎的面孔，吻了一颗颗流浪的心，也吻了让千年时光打结的红尘。

玉指纤纤。也许，我永远不会明白，一支曲子如何穿透心扉，并给人满眼含泪的情绪。但我相信，每个人接收到的定然是自己想要的信息，否则，又怎会让他们明明嘴角带着微笑，浑身的毛孔却激荡不已！

一指轻揉慢捻，一指推拨勾回，乐曲起伏，跌跌宕宕的风呀，瞬间让我成为多余的波澜！

我无法对那些手指做出解析，它们究竟要有多么灵妙，才能让神在涌动的血液里复活，才能让石头在穿过云层时炸裂，才能让岁月在无声的啜泣里凝滞？

一如那根弯曲的木头，要行走多久，才能找到识相的眼睛，在一层层的年轮里看到盛开的花朵，在一圈圈的纹路里看到隐藏的柔软和坚硬？

月光如洗。在乐器之外，有门一扇，若隐若现，门内有仙子，素衣长发，她眸如秋水，吐气如兰……

二

一手外推，一手内拨，那势若撩水的女子，是否已不再食人间的烟火？

静寂。一盏挂于马厩之上的气死风灯，吸引着远天之外的星光。

四野之内有写满名字的山岚，在蛮荒与空阔之间，向不断袭来的秋风发出揪心的呼哈。

内心的惭愧让我再无思绪诉说豪迈与悲壮，生就凡胎，我用肉体展示的想象，既不具有道家的根骨，也没有佛陀的身相！

我无法通过三十六根琴弦，正如我无法听懂每一根手指的情怀！

弦上有音符，指下有灵魂。这是否能成为我与你达成共识的唯一联系？

一万匹马皈依草原，一万个和声止于唇齿，一万双眼睛以画眉作引，用飞过的流萤勾出满天的传说。

我无意你或横或竖的过往，只想知道你是否可以让遥远的记忆，通过音频在我们的耳朵深处讲述生存的意义。

或者，我会在某个夜晚，听到带泪的丝竹，或寒冷的秋光，或斜落的露珠，在梦里用我的声音唤我……

唉，这世界我能说给你的已经没比这再深刻的句子了。

不善表达，我的爱，在你最需要的时候，只能成为悄无声息的海！

三

一滴残墨，洇成了哭泣的芙蓉。是否也是你在我字行间留下的泪痕？

我并非冷漠，只是无法分清哪儿是你的高音部位，哪里又是你的低音区域！

我是音盲，由来已久，虽识弦的粗细，却始终无法明白哪几根用来挑吹，哪几根用来吟猱。纵使面对音板，依旧无法对它们做出大小的分别。

"昆山玉碎凤凰叫"，如同对这样的句子，我向来无从抵御，操演毕生的防守可以阻风刀霜剑，也可以挡生死时光，唯对此形同虚设。

我无意了解你最初出现的场景，究竟是为了官方祭祀，还是为了民间伴奏，我只想在提起你的瞬间，有声音将我的手指以按、抹、挑、扫的方式进行调教。

左按品，右拨弦，在轮指夹弹之中，让日升时日升，让月落时月落。

而我每天必做的功课，唯有倾听，在倾听中找出松涛，找出鹤鸣，找出不眠的伐木之人。

你若心动，天地便会失去容颜；你若心净，则山空海远，流云无踪。

看过了太多的粉黛，我不再对娥眉情有独钟，而你是火焰，想与不想皆会波及我的生命……

四

从柔美到清澈，我毁了三千纸张，终未能写出想要的一行。

是什么带走了我的灵感，还是这并不完美的世界拒绝我对它的惊扰？

为了找到理由，我把自己放逐于远离喧嚣的乡村，排斥所有不愿面对的事实。

但是，我的躲避对你的弦音无效，在风雨之中，在烟霞的深处，那时时闪耀的光芒，早已在心脏最深的部位种下了无法根除的蛊，让我只为你欢快时喜悦，忧伤时哭泣！

除了你，我已经不再担心会有人对我造成伤害，那一行行排下的琴柱，左右了我全部的神经。

从张祜的千重钩锁到万颗真珠，一时清醒一时混沌的思维，让我不明白自己究竟是活在现实，还是活在虚妄的灵界。像我珍藏了无数岁月的百宝囊里，总有起起落落的水声可以听闻，打开来却空空如也。

如果，你是我的神修，可否让我从潜意识中看到自己的过去，现在，以及不可预知的未来？

如果，你是我的诗行，可否让我通过宫、商、角、徵、羽，让文字舞蹈，跳出不一样的风景？

在沉默与回复之间，只有我一次次的自言自语。

其实，我并不需要答案，在同一个共鸣箱里，你的弦紧紧地连着我的脉！

五

弦声起，天堂有形。

如果是独奏，我便不用紧紧地攥着双手了，在摊开的寂寞之上，我所爱的便最美好！

所有音乐，在自然面前会自动消除，或者潜伏，或者融合。

如果是重奏，我会认真阅读声部，识得每种乐器，看清每一个人，他们的表情可以轻易地砸伤我向上竖起的手指。我无意指责，是举着的心不敢放下，我怕一放下，便会成为灰飞的花瓣！

一重，二重，三重，那些让黑夜更加漆黑的弦，会突然发出光芒！

如果是歌舞伴奏，我会默默地站在远方，急也好，迟也好，大地如常，天空如初；大弦也好，小弦也好，水有水声，莺有莺调；长也好，短也好，风去风来，人有人无！

可以是弦乐，可以是打击乐，可以是吹奏乐，它们考验我的无知，也考验喧嚣的身姿！

弦声止，星月无踪。

窗外有气息涌进，是秋熟的味道，它源远流长，屏蔽外来的欲望。

此时，我无意垂珠碎玉的形容，也无意太清仙宫的感受，一个人闭上眼睛，便闭上了迎迓的心思。

六

她说，想回便回吧，乡村是你最初之地，凡响也能动容！

它音域宽广，正暗合我的心境，可以恣意生出随性的想象。

世界喧哗已久，我只想要一寸不染之地，做个无门无派的散仙，独自修行。

她说，开田种菜，自给自足，每一份辛苦与愉悦皆可感受。

天籁之音总会给人以超然的暗示，如同从水上传来的震动，那透明的，微弱的，飘忽的，在可见与不可见之间。或许，这也是她想要说的结果，我们穷其一生的追寻，不过是在清醒中沉醉，在明白中糊涂。

她说，最幸福的日子，定然是你心落下来的时候。

记下这句话的时候，我的神已经回来，它通过了和我生命的最后告别，并从我的肺腑中找到了最初情感。那些空灵得有如清泉的音质，便彻底清空了我脑海中的杂念。

她不用再说些什么，我的梦境已不能阻止她的自由出入。

我伸出手指，三十六根无欲无求的琴弦，每一根都在生动地重复着风吹过的声响。

再回首，天已近，人已远，一行孤雁，把秋色飞得斑驳陆离！

原载《散文诗》（上半月版）2023 年第 12 期

盐 [组章]

杨剑文

1

"争吵，是撒在生活这盘菜肴里的盐……只是我们放过了量！"

很多年以前的一个声音，在变旧变老的房间里结出盐的晶粒，一粒坚硬，一粒晶莹，还有一粒沉重……

另一个声音是空白。

咸涩的味道在心音之上编织起一层隔音棉。

时光如磨，把一粒粒盐研磨成粉，然后撒播下来，仿若一场雾，仿若一场霾……

"生活，或者命运，有太多的……"

省略掉的那些字词，是那个用滥了的"仿若"吗？

盐，有太多被省略与忽略的时刻……

2

月光，是月亮生产的盐，

撒一把在河上，撒一把在路上，再撒一把在屋顶上，再撒一把在荒坟的枯草上……最后一把，会撒在哪里？

城市的灯光，像是最后一把飞扬而来的盐。

前天，把一撮黄土当作药片吃下去的人，昨天对着太阳说：

"倒一大碗水，多放一把盐，趁热灌下去，冒一头热汗，骨头就硬了……"

乡村的药方，在城市依旧医治着骨骼深处的疼痛。

"盐，是一粒药。"

月光，是随身携带的盐，同样可以消炎止痛？

月光下，一阵狗吠穿过村庄，成为另一种药与盐的主要成分。

村庄，正在像一把盐溶化在河水里……

3

太阳，是一粒药片。

那么，太阳黑子就是药片里的一粒盐？

一粒盐，是太阳、药片的幻象？

"盐矿，是哪一颗星辰陨落的残骸？盐矿，是哪一世掉落在人间的太阳？"

在工厂里制造盐粒的人，不断地向盐发问，他含紧一粒盐的嘴唇在咸涩的汗水里期望着一块糖的甜。

——一块生活的糖。

甜是慰藉，

咸与苦是本味。

味道的本意靠近生活的本质。

"说了又说的生活与命运，有太多太多的比拟，却总也走不出咸与苦的词根辐射的区域……"

一个人，仰起头，

吞下一粒盐，仿若吞下一片药。

4

盐的白！

与旧雪、古银一样的白，

与新长的白发一样的白……

盐的白，接近于骨头的白，似乎一直就具有特殊的指代。

那么，一个人吃过的盐，最终是否要在一丛白发里显现出来？三千丈白发，要用多少盐粒滋养、培植？

如此，盐与米是否会有一场争辩？

糖，眨了眨旁观者的目光。

几颗星星同样是旁观者的目光，看见：

在村口，一丛泛动着旧盐粒一样色泽的白发，对着一个黑色的背影说：

"揣一把尘土吧，当作家乡的盐。"

那时候，霜花已经铺满村庄，像是村庄新长出了一片白发，像是村庄被一层盐腌制了起来……

5

雪，落在地上，

像盐一样腌起了一只脚印。

雪，铺在地上，

像盐一样腌疼了一个人的心。

6

在梦中，

有一只羚羊，在悬崖上舔食着梅花状的盐碱。

那些盐碱，倏忽间变幻成一枚一枚的铜钱。

"一枚铜钱上，一张钞票上，一页白纸上，都有盐的咸与涩。"

梦，似有一种模糊的青色。

青色的岩石陡然松动、坠落，盐碱飘飞起来，羚羊坠落下去……深渊有深沉如夜色一样的黑！

梦境飘散。那个装着工资条和几张旧钞票的信封，从桌子上滑落在地板上，像一朵开败的梅花一样。

"这是一页神奇的纸……只要轻轻吹一下，身上就会长出羚羊一样的长角，还会长出羚羊一样奔跑的四条腿……"

趴在办公桌上睡觉的人，感觉自己变成了在悬崖上舔食盐碱的羚羊，喉咙干涩，唇舌苦涩……

阳光如盐亦如新铸的铜钱一样撒在桌面上。

7

把一小撮盐撒入河水中，

那个人正在为自己预演着那个必将到来的"最后时刻"……

握紧一把盐，像握紧另一个自己，

把盐送到唇边，像亲吻到另一个自己的唇，

把盐送到鼻孔下面，像触嗅到另一个自己的体味，

揉一粒盐进入眼睛，像是在眼仁上种下另一个自己的影子……

"一小撮盐上有一把骨灰的冰凉？"

把一小撮盐撒入河水中，仿若让一粒盐停留在胆管里，成为一粒无法取出的"结石"……盐或结石，安居其中冷冷的疼，一直都像是在预示着什么。

"人生如盐……人生如烟……"

8

"鱼的身体里，养着一座盐矿……"

鱼，每吐出一次水泡，就要吐出一粒盐……所以，海水一直是咸涩的。

有一天，鱼开始厌恶海水的咸涩，想要把海水里的盐全部吞食进肚子里储存下来，想要让海水变成甘甜的水……

鱼，每吞下一口海水，海水里就会减少一粒盐……

这是一个寓言故事。

一个人对另一个人轻言细语地讲述着。

渐渐地，他和她的语言像是鱼吞下的海水，也像是鱼吐出来的水泡……

最终，这个寓言故事却有了另外一个结尾：

"鱼，吞下一粒神盐，长出了飞翔的翅膀，飞离了那片大海……"

9

鱼骨挑起火焰之上似盐的白。

村庄的夜色，远远地望过去就像是一件破洞的黑衫子。

星星，是一粒粒盐。

老祖母一边用盐粒擦洗着银器上的污垢，一边说着一个与盐有关的古老
故事：

"从前，有一粒盐修成了人形，成了法力无边的盐神，收走了世间所有的
盐……从此，世间就没有了咸与苦的味道，只有酸、甜与辣的味道。"

后来呢？

"世间所有的盐粒堆积起来，越堆越多越堆越高，把那个修成人形的盐神包
围了起来，腌制了起来……"

再后来呢？

"盐粒重新回到了世间，世间的味道就又集齐了酸甜苦辣咸。"

再再后来呢？

"世间修建起了一座盐神庙，盐神庙里供奉起了一尊盐神……"

最后的最后呢？

"也许，一粒粒盐变成了星星……也许，星星又变成了一粒粒盐……"

这一夜，星星明亮似一粒粒盐。

10

银子在密室里藏身，夜间鸣响，炫耀财富。

盐，始终沉默。

"沉默积攒着一种力量……骨头里的力量始终是沉默的。"

银子在时间深处长出的锈迹，一遍遍用气味、声音做翅膀完成着绕梁飞翔。

盐在厨房里一点一点锈蚀了自己的语言，吞咽下了自己的故事，消化成一大块盐里的某一种成分。这个过程，多么类似于我们咽下一口怒气，或咽下一种苦水、委屈、冤枉、烦闷的过程。

盐，有沉甸甸的心事，只悄悄告诉随风而来的水汽。

盐，也会有泪水！

"比盐的泪水更苦的命运……"

银子听到一个人沉闷的哀叹，像盐一样沉默下来。

月光在房间里停顿下来，仿若一块巨大的盐和银子……

11

"盐，类似于道！"

盐，可言而又不可多言。

盐的语言，是咸是涩是苦是……一言难尽！

一言难尽的"盐"，粒粒如字……就连板结的旧盐，也像是表意不清的梦话般的句子，一句连着一句，一句搅混着一句。

盐沉默不言。

字词如盐，字词如烟。

盐！人的盐！人的言！

盐，最终还是让人学会了一言不发！

原载《散文诗》（上半月刊）2024 年第 9 期

观　画 [组章]

王　妃

蒙娜丽莎

穿过卢浮宫内贝聿铭匠心的点缀，来看蒙娜丽莎。

慕名者如潮汐，我似乎永远无法近距离与你对视。在左边看你，在右边看你，奇妙的是，你中世纪的眼神和微笑始终跟随着我，跨越国界，跨越时间，那么安定，有永恒的力量。

小麦色，多么健康的肤色。背景的山野田园养育着你。对了，也许你是个从未踏足麦田的贵妇人，甚至分不清韭菜和麦苗，但你无法拒绝庄园外的麦香和来自山野的风。

你神情安逸端详，想来生活无忧。你拥有过爱情吗？但愿你有，拥有爱情的女人才是完整的女人。像我一样有过剜心的疼痛吗？"没有流过泪的眼睛不会那么迷人。"但愿你没有，亲爱的姐妹，疼痛久了会影响面部神经，笑不出来……

吹肥皂泡的少年

哥哥，你的衣衫破了，败絮从敞开的口子露出来，像开出了一朵花。哥哥，你为什么那么瘦，你喂我吃下的那点面包屑，是有意省下来的口粮吗？

哥哥，今晨常春藤又爬高了一些，互生的单叶长出好几片，我仿佛看到它就要拥有漂亮的伞状花序了。这意味着春天来了不会再走了吧？倒春寒反反复复，冻伤了开花的油菜和茶叶的嫩芽。爸妈皱眉说今年又要减产了，我们的命运难道注定就是穷人吗？

哥哥，阳光出来了多好呀！你的头发，你的脸庞，你整个身体都在金色里发光，这是绝望里的暖意。哥哥，你吹的肥皂泡好大好圆，你要专注些再专注些，让肥皂泡更大更圆；你要小心些再小心些，让肥皂泡存在得久一些再久一些。

哥哥，我已经可以踮起脚跟了。多好啊，你看肥皂泡里，没有寒流，世界是彩色的，多么美丽的新世界！

拾穗者

麦秸打理成的垛草在远处，玩具一样的城堡看起来金碧辉煌，实则质地松脆。骑马的监工在收拾停当的田地里逡巡，似乎麻雀也不想放过。

曾经绿绒毯一样铺展的大地切换成充满暖意的明黄，曾经看顾的希望如今堆满了农场主的谷仓。弯腰，疲倦的女人们，从碎草的缝隙里拾起遗落的麦穗。捆绑垛草的男人们早已筋疲力尽，家里嗷嗷待哺的还有老人和孩子。弯腰，用奴隶般卑贱的姿势，从泥地里捡起零散的谷粒，在监工挥舞的鞭子落下来之前，为一家人再多攒点支撑的口粮。

我突然后悔，小时候跟在母亲后面拾穗时过于贪玩，我应该把母亲的背袋塞满。

弯腰，面容孤苦的女人们啊，佝偻的身躯是插在大地上悲凉又醒目的标记。

日出·印象

雾气缥缈在勒阿弗尔港口。在岸上，高大的杉树不见了，冒烟的烟囱、吊车的铁臂……工业文明把温情的海岸改造为生硬的线条。

海面像一张粗糙的画布，鳞云倒映在海水里，像一群盲从的蝌蚪，杂乱无序。出港的小渔船，在浩荡的海里挣扎漂浮，摇橹的人卖力地，想冲破凝滞的笔墨。

从铅灰色云层里艰难孵出的太阳，一滴血那样惨淡，仿佛被人掏空了朝气，在海面上喷洒出一滩血迹。

万物有灵，人是最拙劣的画师。

戴珍珠耳环的女孩

我爱你的干净，姑娘。干净的蓝布头巾、白衫领，干净的眼神和嘴唇。你应该得到最干净的爱——那还没有开始的爱。

我爱你的素朴，姑娘。在黑色的镜子里你是明亮的，在白色的镜子里你是明亮的，那一颗珍珠是唯一的张扬，明亮的、泛着素朴而纯洁的光。

我爱你的沉静，姑娘。你是在叫我吗？当你回头，你尚未开启的唇音让陌生人不自觉地噤声。你沉着的眼神就是一股清泉，冲淡了席卷而来的淫邪和尘嚣。

劳动归来

卷边的布鞋，撕裂的裤腿，一顶褐色的旧皮帽是父亲唯一的遗产。

背着朝阳下地，驮着夕阳回家，疲倦如影随形。

好在有你，亲爱的人。把空竹篮套在头上，不比贵妇人的宽檐帽逊色。有你陪伴，清贫的日子才叫生活。

好在有你，亲爱的人。不能给予我衣食无忧，更不能给予我荣华富贵，甚至不能拥有一枚银戒指。有你陪伴，开心的日子才叫生活。

两个人说笑着，在夕阳下的田野里写下一首劳动归来的诗。

阿尔卑斯山的雪崩

你知道的是一点合适的善意会温暖一个躯体，你不知道的是，一片雪花不合时宜地落在阿尔卑斯山上，会引来如此严重的一次雪崩。

有着神一般意志的山形，顷刻间，如同块状岩石堆积的松糕，被挤压、变形、坍塌。不同斜线牵拉的印迹，是天神降怒，利斧劈开的吗？如此生硬如此绝情。

那被歌咏的善意而柔软的雪呢？那被奉为纯净又晶莹的雪呢？我惊异看不见美好，只有天崩地裂、大海狂怒后浪花飞溅的恐惧和不安。

不是所有的善合起来就必然等于大善，就如一片无辜的雪花引发了惊天动地的灾难。你无法拒绝大自然的教诲，要么正视要么逃离，像两个卑微的影子，踉跄在雪崩现场。

我与村庄

房子那么低矮，但不妨碍我的热爱。我接受一头奶牛的爱情，她的眼睛向我放电，电流组合成一帧微型电影，女主角正在安详地挤牛奶，她是我这一生最挚爱的女人。

穿黑衣服的男人扛着铁锨正在归来，他神色疲惫，但脚步坚定，他的勤恳养育着一家人。他是我心目中最好的父亲。在他面前倒立的女人身着素色的布裙，她伸出双手正在导引归来的男人，她就是母亲，她就是家，她就是方向。

暮色越来越深重，黑暗的基底似乎要吞没我和我的村庄。但总有明亮的色彩在冲淡，发出温暖的召唤，那是家家窗内的烛光，让树莓、蚕豆、毛桃……所有可食的山果都透出母性的光泽。

原载《星星·散文诗》2024 年第 1 期

半山上停着一辆车 ［三章］

杜文辉

我家墙缝里的麻雀

这是两只老麻雀，翅膀已经破败，头有些秃。它们的子女已各奔东西。它们恋着这样的旧窝巢。

它们躲过了风雨、弹弓，躲过了鹰、鹞子、蛇和猫，躲过了大雪天里的筛子、绳子、门板，躲过了疫情，开始争吵、打斗，柴草纷纷，羽毛纷纷。

它们吵闹了整整一夜，天亮时才休息。

半山上停着一辆车

像一瓶矿泉水。

当我隔着玻璃再看时，又像一个七星瓢虫，正停在茎叶上，这是五月，正是七星瓢虫为王的时节，它穿着藏红袍正在巡逻。

当我看的时间更久，它又成了一只大青蛙，双眼鼓突，大嘴巴向着山顶，灰白的大肚皮紧贴着大地。

可是这确是一辆黑汽车，像一盒黑色的火柴，一个黑色的匣子，一个黑色的手提包…… 汽车停了足足一个下午，黄昏了，还不回去，让我越来越紧张、痛苦。

乡村路上的羊粪

乡村路上的羊粪，是羊本身。有的被压扁，有的还新鲜，有的还在滚动，有的铺了厚厚一层，被风吹动。

乡村路旁有羊吃剩的生活，粗糙的生活，反复踩踏的生活，零乱的生活，堆积的生活。

我没有看到一只羊，没有看到一只羊的欢腾和散步，没有看到一只羊饱满的乳房，没有听到一只羊的叫声。

寂静，如明亮的刀子，在我看不见的地方，正与羊对视。

原载《星星·散文诗》2024 年第 5 期

兵 词 [六章]

堆 雪

军 歌

我看见很多山峰集合，在唱一首歌。

他们集中力量，把一首歌唱高，高到顶天立地。

歌声响起时，我就情不自禁地联想到祖国，那心潮逐浪的山河。

我羡慕，那些常年行进在军歌里的人。那些，常年生活在高音区的士兵。

当他们集合、行进，就像一片苍翠的松林，不断茂密，拔地而起。

那些血汗与硝烟，如今都成了他们生命与灵魂的有机肥。

我看到，当他们引吭高歌，就像一棵棵春天的树，把巨大的根系，拼命扎入大地。

我看见很多山峰集合，在唱同一首歌。

那些钢铁与热血串缀起来的音符，都被歌唱成熊熊火焰和深情的玫瑰。

他们在歌声中奔跑，又在歌声里驻足。他们队列或方阵般的歌声，变幻出一块块不同季节的田野。

他们集中力量唱一首歌。

这首歌，足以把黑夜唱白，把黎明唱红。

背 包

在背上。裹进血肉舒绽的香味，战争的体温，和平的烟尘。

四方四正，结结实实的背包。此时，有梦的质感和重量。

这一朵，时而超重时而失重的云。

黎明前打成井字状的吃语与叮嘱。行军途中必备的一块面包。中途卸下来，可以坐在上面小憩的马扎或石头。

压在肩头。使一个人随时成为一个家，一个温情脉脉的掩体，一个战斗单元，一个在呼啸的弹片与弥漫的硝烟之间能够回到自我的帐篷。

温柔的姑娘，用长长手臂从身后揽住的感觉。让你知道有人总是在拉拽你，又在怂恿你。让你犹豫不决，又让你义无反顾。

夜空展开的星光，清晨震落的露水。

帐篷里或树丛中，背包是一片片散发阳光腥味的泥土，翻来覆去的吃语。

在被黑暗打开之前，背包还可以是一个枕头。代替枪，被压在黎明或黄昏的天际。

另一块炸药包。我用它的当量和光芒，把灵魂埋葬在另一块战场。

水 壶

这是我唯一见过的，被五花大绑的水。长途行军时，随时挂在体外的水。

睡梦中，可以随手摸到的细软，母亲腮边酸辣苦咸的泪。让人联想到，近处的湖泊和远处的大海。

干渴时，我会想起你，芳草的呼吸。想起迎面而来的风，想起你悠长的发辫与缥缈的歌声。天空湛蓝，原野辽阔。天地之间，奔跑着一团一团的云。

这一生，我们必定有所背负，携重而行。下坠的背囊，翻飞的挎包，以及横亘肩头的枪支。水壶，左肩右斜或右肩左斜，奔跑中，一滴水让人刻骨铭心。

这，疼痛而又难舍的水！

我不贸然豪饮。对它，当渴望如酒，珍惜如泪。最后的几滴，如数家珍。

即便是饥渴难耐，也不可半途而废。有时会忍不住想你，拧开壶盖，闻一闻，再把它，轻轻拧紧。

等到喉咙上火、肺腑生烟，等到终点在即、胜利在望，它会用一片冰心，浇灌一个冒烟的灵魂。

忽然想起望梅止渴。一队人马，奔着一片即将成熟的梅林而去。士兵们虽然没有吃到梅子，但心中的梅林，从此郁郁葱葱。

枪支压迫肩颈，水壶敲打胯骨。

无数次长途奔袭，我都没有把壶中的琼浆耗尽。在脚步追赶脚步、背影叠加背影的奔赴中，我喜欢听那月光下，咣当咣当的水声。

等高线

从下往上丈量，就是一座高山。

从上往下丈量呢，能不能从那层云中看出：我就是一名站在哨位上的兵。

在一张军用地图上，山是一圈一圈向外延伸的闭合曲线。就像一池春水，猛地投入一粒石子，一圈圈荡漾开来的涟漪与寂寞。

在一张军用地图上，一名单兵的位置和符号，应该标注在哪里？

某天，我在一座大山腰间的突出部，一座哨所与我荷枪而立，庄重威武，时刻警惕着四周的鸟叫蛙鸣、风吹草动。

站立中，我越来越感觉到，一名哨兵与一座山的相似之处：

那一刻，我在自己的腰间，无意中摸到了一位士兵的等高线——镶嵌、环抱于胸腔和腰间的肋骨。

它们一圈一圈上升，使我重新拥有了一个属于自己的海拔与高程。

它使我相信：即便是站立，即便是一动不动，一名士兵的境界，也会达到一朵云或一缕风无法企及的巅峰。

我相信，一名士兵的肋骨，就是他自己的等高线。在肋骨间插上刀剑，他就是，能够在战争的沙盘上掠地飞行的战神或天使。

一个人的身体里，不但有疏密不等的等高线，也一定有战术上被充分利用的合水线、分水岭，有让一名士兵驰骋疆场的马蹄与鞍鞯。

有了生命的等高线，他的梦，才有足够的落差和纵深。

战　鼓

我的这——地动山摇的心。

是谁，决心要把它摧毁，或者震碎，并以排山倒海、支离破碎之势，竖起大旗。

是谁动员狂飙飓风，搬来所有乌云、沙尘和雷霆。

是谁把一道道闪电，投入熊熊烈火重新熔铸，锻造成一柄柄断魂利器。

这被骨头擂出的来自内心的巨大空洞。这被兽皮蒙蔽的源自精神的无限激情。

这沉闷胸膛里击打出的层出不穷的誓言。这被惊飞的鸟群与激越的马蹄不断激活的勇气。

声音重复声音，力量复制力量，身影叠加身影，刀枪再生刀枪。

鼓声中，谁说狂风不是一面旗帜，谁说雷霆不是一次誓师，谁说暴雨不是一片血迹，谁说闪电不是一条奇迹！

谁又能说，蹚过恐惧的尸首与窒息的暗影，不是一个豁亮的世界？

这是呼吸的一次次接力，这是血液的一次次决堤。

这是我们从那激越鼓声中奋不顾身救出的，一颗，勇敢面对死亡的心。

当战鼓擂动，我们眼中的山河，渐次清晰。

边　关

与月亮挨得最近的一堵墙，留有方格的窗口，用来张望。

马背上的歌谣和步枪。走不动的云朵，令人难忘。

最高的山，最冷最干净的冰雪，敷在最热的额头和伤口上。

筋骨强劲的风，刮过四季。数着石头，数着日历，最后数到自己的脊梁。

也有梦，是那种蔚蓝色的，横过最恢宏的银河。

一队人马走过梦境，倒映天上，正好是北斗七星。

还有想念和自言自语，成为长篇累牍的日记，成为过期的邮包和信件，成为重峦叠嶂的高山反应和氧气稀薄的咆哮呐喊。

边关很远啊，但他们有更远的远方神往。

远方城市喧闹，村庄安详。远方灯火阑珊，小河流淌。

黑夜里，马蹄跑过，留下月光。

原载《陆军文艺》2024 年第 2 期

蜀 道 [外二章]

左 右

李白走过的蜀道，我还想再走一回。

这一路，装下了我一生坚守的抱负。前路凶险，断崖惊心。两岸猿声，令寒风与脚步战栗不前。

常为那些衣不遮体的理想，流泪痛哭。

郁葱岁月，拨动丛林间郁葱的根茎。木阶上的青苔，是蚂蚁诵经时忘情的铭文。风，是一位倚剑偏走的侠士。青松熊腰虎背，以飘逸的仙姿端坐眼前。祥云万里，是松鹤真情的告白。斑驳的影，疾飞的鸟，轻灵的空寂。

翠云廊上，古风盎然。

寻隐者遇。每一位仙风道骨的老人，都被呼作谪仙。他们从洞中穿越，到云中隐迹。他们背着云书，又吟着山经。

幽径秘境。一望无际的山巅，内心的汗水与秋风一样，显得越来越恐惧。

蜀道巨石，是青山忠诚的守卫。风吹雨淋，闪电雷鸣，让一块坚硬的石头，向天空屈伸柔软的石心。刀剑和虹影，或许只是花草一时的闪念。

我从一枚叶子的背面，掩埋了一条与世隔绝的桃源。

望蜀川

需要多少双带亮闪电的瞳眼，才能望断群山之巅。

将自己想象成一位客居蜀国的诗人，背包客，或者迷路的大雁。我依然错将征途当作停歇的驿站。

我与山下虔诚的香客，石盘上下棋的老翁，松下午睡的童子，打柴的樵夫，赶着仙鹤与灵兽去仙游的道士，神似杜甫的愁客，共享一样的香火，以及蜀竹清鲜的空寂，流火间炙热而旺盛的深情。

谁说，乐不思蜀的候鸟，只是迷失了入川的诗心？

谁的爱国之心，为一座城门而痴情破开？

鸟尽眼底。仙气四散。五指峰上，山顶的风，呼吸越来越与矿藏里的铁一样稀薄。

鸟瞰是大自然最美好的赞颂。

山之外，猿声起。

琴声咽，音尘绝。

剑门关

断崖与油松之间，断开了很多通往天都的路。

风飘渺，云缭绕。挑夫和道士，是盘道上半路闪现的仙客。他们怀着飞檐绝壁的轻功，在森林与矮草丛间，携手飞鹰与狐狸，息声出没。远空有仙鹤，掠走松果的呼吸。泉涧有巨响，惊醒走兽的踪迹。

剑门关外，有太多草木流动的声音。

古栈道盘旋迂回，弯曲拾级。每一处木阶就是一道音符。风是山野浪漫的琴师。高山流水，只为残翅的蝴蝶婉奏一曲。

轻舟在岸，拉紧江水柔软的玉手，像在离别，又在重逢。

一处处佛洞，一处处脚印与心灵的虔诚，交换着游人纯净的呼吸。

或许这辈子最动听的歌，是蜀道上的一棵树抱着另一棵树，在山顶上放声痛哭。

如果有一天，我在通往蜀国的道上迷了路，请你仗剑来嘉陵江畔接我。

原载《星星·散文诗》2023 年第 11 期

在葵园 [组章]

王　超

春天的葵园

是的，这只是刚刚开始。

一秆秆葵，像秩序的栅栏，它们分蘖、拔节，宽阔的叶片格外耀眼。

顶着呼啸的春风的暖流，它们趋同于火焰。

它们在现实中燎原，醒来或睡去，像从不滑坡的记忆，也不会辜负任何期待。它们正制造集体的浪漫，像巨大的绿色钢琴，弹奏印象的"德彪西"。

它们从春深赶来，向上、向善。而内心的欲望，蠢蠢欲动，它们向阳光借一些词语。

这是昼夜间欢乐的乐章，低诉或高亢，风吹来时它们集体浩荡。

这多像一群群人、一代代人的颂诗。它们毫无保留地燃烧，像倾洒的碎金，梦一样燎燃，于是梦幻的片羽落入泥土，信仰不停地旋转。

春天的葵园不再遥远。苞蕾已拱出葵秆，像沉寂又喧嚣的闪电。

动辄集体的欲念，冲刷而氤氲着没有边界的绿色屏障，守护家园，一些词语正在发芽，另一些化为春风，催发金色的希冀。

于是春天的葵园抛出葵花，也被葵花抛出。

金色冠冕

拨开稠密的风，睁大眼睛，葵花馥郁而饱满，像颜料盘倾洒在金色画框。

路的尽头，裙裾在摇摆，山岗正起伏，有没有一只蝴蝶迷失在这浩瀚的宫殿？

它们呈现飞梭或翩跹之态，欲飞越这葵花的沧海。

而葵，是否走出作为葵的生存经验？像罗马柱高擎着花盘。

"巴洛克"仍在旋转，作为葵的花瓣，响亮的声音挂在浪尖，一朵朵葵花围着大地盘桓，它们绽放得更纯真而绚烂，像顶着无数个王冠。

激荡或飞翔，它们携带金色花粉，抑或沉默不代表静止。

那么多的葵花在这里安放，它们垂下娇媚的脸，饱尝的花事也在此刻泛滥。

那金子的质地与朴素的情节，像梦、像火一样燎燃。

于是理想再一次集结，像分裂的"核"，又像闪耀的星辰。而流金无端晃动着不安的部分，每一株葵都站直了身子，却无法控制自己的眼睛。

我望向路的尽头，风也在加冕，一朵朵葵花，早已高过了春天。

于是我也沾着葵的光，向傍晚和盘托出我的挚爱。

葵花雨

暗合了阳光的隐痛，终于下了一场大雨。

雨水透明，而心情是斑斓的。走进葵园，让雨再淋一会，那被濡湿的葵叶新鲜而明亮，一朵朵葵顺势而开，没有被喧落的雨吓退。

抹去季节的殇，抹去地表的薄雾与水汽，新鲜的葵比以往更加葳蕤。

雨水倾注，时光流转，浮华在葵花的物语中悄悄弥散，抑或汇聚了葵的萌浆与大地复苏，是时候了，我们不能只相信雨，而误解作为植物的葵的努力。

洗濯过往的浮躁与虚妄，雨水是澄澈、是清新。或为一朵朵葵加持，用落雨的方式让世界蜕变，在雨打葵花之后，我们静下心来梳理内心的秩序。

雨是俏皮的，雨是善良的，雨是葵与人间共用的恩泽。

不一会雨住了、风停了，葵园重新找回最初的模样，而思绪已被冲洗干净。明亮的雨水刻成了时光维度，我在认真阅读。

你看！那刻在心底的琴弦，正撩拨七色彩虹。

枯萎或悲悯之葵

葵园有爱，而悲悯，从来不是虚无。

你看那偌大的葵园，在日渐消瘦的黄昏，在更加炽热的季节，是谁用一把镰刀削掉过往曾经蓬勃的旷野。

折返葵田，连同饱满的颗粒，如命运被采撷与搬运。

一株株葵托举的倔强，在这一刻愈加疯狂，或秸秆的身躯赴汤蹈火，捍卫这最后的荣光。

又似另一种洗礼，"灵魂被摔打，肉身被碾压"，它们依旧托举着高贵的脸庞，直到曾经新鲜的梦想被击碎，直到枯萎。

青春慢慢移出肉身，记忆不断被拉扯、蹂躏，而它们献出挚爱与身体里的盐分，那斑驳的枝叶也退出岁月，或披上大地的胎衣。

倒下的，沉静如锈铁的葵秆，淬火后的最后一抹喘息。

有谁不曾被这悲悯之葵豢养与安慰？直至它肉体里的醇香与盐，而乡音入口，我品尝这饱满的颗粒，是不可或缺的食粮。

于是空洞里嗑一粒黄昏，葵心有寄，而悲悯，从来不是虚无。

葵园远望

是的，光阴如此斑驳，站在葵的背影之后，远望。

又起风了，浓郁的葵花粉轻扬，是肉眼所看不见的。

抑或离得更远一些，直到走出村庄，而旷野如此的荒凉，是一株株葵掩盖那些孤寂与苍茫，高尚与卑劣。

这集体的葵，聚集成更大的磁场，形成某种风暴。

它们像一群人、一代人，生存在这广袤的土壤。我不能将它们中的一个或清晰分辨，蜿蜒的小路的尽头，总抵达不了理想。

一朵朵葵花，迎风飘荡。站在更远处张望，火一样蔓延，水一样流淌，更多的葵株聚集像地毯一样被安放，一代代人在葵园里栖居。

抑或有飞溅的汗水濡湿了衣裳，何时打杈，又该何时追肥？

思索或无法想象那些具体的农事，或与疾风攀谈这朦胧的花开。一株株葵，一代代人，他们生长在这熟稔的土地。

真正的主人是种下葵的人，他们从未停止过劳作。

黄昏葵记

是的，一到黄昏，葵园就变成另外的样子。

缱绻、慵懒、昏聩，还是从梦中醒来？

一个人只有站在葵园，才能成为它们的一部分。那莫名的葵花有莫名的悸动。

或为每一株葵都镶上金边，等待陌生的旅人，来此漫溯。

哪怕远远望去，建立视觉崭新的秩序。那娇艳的黄色蕴含热情永固，在斜阳的簇拥下，我们携手而歌，却唱不出足够的丰富。

薄暮掀起葵园的裙裾，落日又加重葵花的执着。

于是光阴如此温暖，我们把自己也染成飞炫的片羽。像一株株幸运之葵，不，是一片祥和与祝福！

而没有一株葵，是白白浪费它的生命与时空。

那扑棱翅膀的流莺，还是布谷？它们趁着光亮返回巢穴，连同迷失在葵园尽头的蜂蝶，像解开镣铐舞蹈的精灵，向着黄昏更深处，隐遁。

唯剩下一株株葵在风中矗立，像召唤那暮晚的流苏，浸染成一粒粒飞翔的词语。

而我们双手合十，席地而坐，把自己默念成葵的孩子。

没有人能带走一朵葵

光阴斑驳，有什么比一段花期还要短暂？

一张纸，画不尽所有春色。而一朵葵，把燃烧过后的花瓣孕育成真实的种子。

抑或需要做出痛楚的凋零与跋涉，那梦中的花魁，依旧是每一株向阳的花儿。只要你愿意，它就足够努力，而一朵葵，怎抵得过十万亩葵的集体浩荡？

没有人能真正带走一朵葵，把虚空的情感缝补与寄托。

顺着时间脉络，向更深处漫溯。我们在一茬一茬的青春里，把自己交给过往。

或逡巡在一望无际的家园，纷纷退却浮华与霓裳，不再青涩或随风摇晃。把自己也奉献给辛勤的劳作。

没有谁能真正带走一朵花儿，我们只拥有关于一朵"葵"的光阴与描述。沿着固有经验，轻轻燃烧，像一抹萤火。

在平凡的人间，在葳蕤的家园，我们如匆匆过客，消失于路的尽头。

没有人能真正带走一朵葵——

原载《散文诗》（人文综合版）2024 年第 7 期

我曾有过时间的证词 [组章]

魏甫

时间静止

在北方中原大地的夏末，把目光投向东方电影小镇。我们之间仿佛初生的霞光和弯腰的群山，不期而遇。

一场电影，一卷胶片，一种人生。

很多时候，建筑已经成为虚构的谎言。有梦时，窗棂前倾斜着小雨，无梦呢，百货大楼抱着几行诗句躲在静止的时间里。当夜晚降临，黑暗中闪烁起霓虹灯，人人常常惊叹于影视中民国时代的繁华、高雅和妩媚，就像夜晚置身满载春光的闹市，印刻着时光的磨难和想象。

其实，世界一旦在风雨中承受疼痛，黄昏便会承接向日葵下的温情，让眼睛成为另一只耳朵。

哪也不转，直接走进导航灯的心脏。《火车进站》带动人类眼里的幕布，《定军山》绽放出亘古的光芒，《阵雨之间》编织欢笑的和声，《一个国家的诞生》恍惚开始变为渐渐……还有更多通向血液的云团和养料。

飞鸟和夕阳隐匿后，旷野中传来柔绵的琴声，让那偶然的时间保持静止。

保持生活观察

生活是身体的肢解。

眼睛看到的一切是存在的，也可能是虚幻的，当目睹美好的事物，欲望会诱惑你触摸它表面的纹路，以此证明一个似真似假的世界，而要进入真实的、内部的器官，只需甩动白色根须铺展的雨水。

乡下人对生活的观察会很细心，而城市人对肉体的构造更加熟悉。

农民拥有的梦想不多，但却能读出人间的生老病死。他们没有镜子，没有互证者，只有自己是自己的旁观者，所以，也就成为了时光的见证者。夜晚，他们的身体是美丽的喜鹊、喝醉的麦子、崎岖的土路，以及沉重的行囊。我细嗅万物在灵魂中释放的香味，像饱满的语言，立在那片泛着金光的躬耕大地。

当我把阿胶放入锅中，城市人倒入黄酒，我加热，他们蘸取逐渐溶化的固体。从正面看，它表面似一件又皱又脏的破衣，犹如一个老女人。从侧面看，它棱角分明，有一部分以无声的方式长进骨头里，时刻保持清醒。

城市人和乡下人是动态的肉体，生活抽他，他也抽生活。

万物的用意

黑夜悄无声息地浸入大地，美好的景致，需要我们绕着河流寻找一个最佳视角。

此刻，我站立在夜晚的尽头，灯光衬托着游荡的人影，使世间所有事物都回到了原点。接着，想象自己置身于一场大雪之外，周围幻化为一片宁静的森林。

隐匿的燕鸣铺满了七月，一口口把泥土叼啄在壁垒边，并悄悄吐纳出月光笼罩下的精华。本该如此，它们和我们一样渴望温暖，从南方飞来北方繁衍后，覆盖着广袤的大地，浩浩荡荡。

群山连绵，梦游的云朵脚步慢下来，掩映着天空的模糊，一生二，二生三，三生万物。时光，就这样被颤动的草叶打开，轻盈地走完这画的一生。

万物的用意，是动物与人共同复苏的春光，到了绿意盎然的夏季，便是生命的不断张扬。

北方的夏季

进入北方，土地开始变得软绵，骨头就硬朗起来。

撕开夏季倦怠的暮色，北风吹动着声音的暗哑。水珠不知疲倦，来回流转，经过高楼、梦境、古道……裹挟着空气高高抛起，又落下。夏季如此安静，没有挣扎的痕迹。

当未完成的梦想和呆滞的眼神相逢，势必如一瓶酒精洒在不甘的欲望中，灼灼燃烧。

有时，双眼布满灰尘，往事透露出马脚。路灯下熟悉的面孔，摇曳在虚无的鸟声中，除了北方紧绷的脊梁和最后一束霞光，剩下的，都流露出星子的模样。

相遇与告别，既属于暗流，又属于北方的夏季。

拨动江滩的月光

这是一个云端的城市，跨过长江一座又一座恢宏的大桥，被激潋的波光照亮。

历史的长河中，月光多次在此逗留。承载希冀的飞机在武汉上空，久滑不落。一场最美的遇见，就在今夜，走进知音号与我们背向而行的江滩，一身清凉，仿佛站在甲板上，迎着狂野的风，诠释最简单的哲理。

将手指放入无边无际的惊奇中，月光白皙。

面对大江，我除了感叹自己的渺小和精神世界的深刻，唯一能做的，就是凝视一滴江水的永恒。

去年的大雪从岸边的根部开始融化，攥紧生锈的钓竿，当故事情节发展到高潮，一尾尾针鱼漫过我的身体，不自觉地在月光下炯炯有神，全然忘却了悲苦的痛楚。

满天文字闪烁，我的目光托付给生命，对这一阵阵时光流逝，低下头虔诚祈祷。

拼命拨动圆月下湿润的数珠，证明独立存在的意义。

地铁穿梭

出行之前，明确行进的站口。从此，努力练出生活的模样，深藏的倦意和曲折的惆怅烟消云散。

地铁拥有光滑的流线以及通向花茎的速度，乘客时常在想：有一天，空间是否成为一片废墟，我们变为其中一半岛屿？

没有哪天适合搭载每条路线，你坐上去，或者站立，都将成为夜晚的主人。

我们，就像行走的景图，大脑跟随身躯入轨，而后拆解、重组。一句问候、一个运转和一份结果，都是穿梭中的标配。在地铁口，人往往又拥有两面性，冲向闸口的兴致，浸入黑暗的恐惧，还有不停计算他们生命的余料。

乘客离开之后，地面以下陷入迷宫。

比如神奇的苦瓜，放置现代的旧鱼，通往沙漠的热带雨林，这背后，必定都是迷失方向的表盘。

有可能停下吗？到了人生最低处，我也只有默默祈祷地铁自由地把这群孩子送回家。

原载《散文诗》2024 年第 4 期

手艺诗篇 [组章]

弦　河

根雕意象

静中的动，朝向光。

无数黑暗下沉埋的须弥，生出独有的姿态。

历史的缝隙沉埋，一柄未沾染血色的匕首——从泥土中取出的一截树根。

谁塑造了千式百样的根？

泥土与泥土的细微空间，让一棵树有着独立的根系。

一棵树的根懂得伸出多长，才能借助脚下的稳，巩固向上的力。

向上，或向下，皆有未知的残缺性。光阴长河流淌，一堆堆烧掉、朽掉、烂掉后还保留"精神骨"的树根，显露出大自然的不完整和包容。

一截树根蜕变成一具根雕，是一个视觉转向另一个视觉，一种形态到达另一种形态的苦修。剔除残留的泥土、石块，一枚"树根"才蜕掉陈旧的皮，重见天日。

这世外隐秘的根，演绎生活百态，不求形似。

像一尊修了千万年闭口禅的禅师。

墨砚意象

沾染墨汁的砚台搁浅书架顶层，积了些许灰。

夜幕下的山峦，退去夕阳余光。

天际，很远。

一些来不及洗去的残渍，雕琢成一种新的韵脚。

墨渍涂抹着砚台细腻的纹路，临摹笔锋走向。

仿佛一位老人在阴影中收起衣袖。

山水无色，静默。

在黑暗中负重前行的行者，碾碎自身。落向宣纸的，一些字与墨砚永远失去联系，一些字再回不到笔尖。

握笔如刀。砚和墨从无这样的煞气和锋芒。每落一下，都是在为行云流水的那一笔做铺垫。

观摩一尊沉寂的砚台，必然想到它沾染的墨。从何辨证一方墨砚出了文宝？

沧海一粟。这一生，我们要与自身的墨渍达成和解。

彩塑意象

身上的色彩，饱含人性的贪婪和空。

束缚自身和塑造自身，源于人的本性。

拆开一尊彩塑，它的体内有黏土、纤维物、河沙、水。在木质的骨架上，一尊彩塑得以拥有最初的精气神。

匠人观摩出像。

莫高窟。

岁月的风尘开着一朵不曾败落的花。

我在结冰的河流下，洗涤沾满尘土的双手。

这条河——塑像的师傅洗过沾满彩料的工具；稀释过战争抛洒的血；也冲走了刮落的彩屑；在它体内的黏土、纤维物、河沙、水，喂养一条穿梭时空的鱼。

这西北黄土下的水中月，历史潮流隐秘的河。

我看见沉思者撒下觉悟的种子。他走后，影子拓印大地，从泥土里汲取的色素，回归人间。

鱼皮画意象

从早期的图腾到生活中的饰品，一条鱼彻底逃出了束缚。

自我意识一旦没有根性，就会失去羁绊。

如果鱼皮会说话，它会否定过往。吐在水中的泡泡，最终回到鱼的身体，留下的纹路成为开启艺术之门的钥匙。

鱼皮服饰和图腾，衍变出雕镂、拼贴、缝制的艺术形式，是鱼代替历史在说话，两个空间的信使，翻译着不同世界的共性。

沉寂的，是失去表达能力的事物。

吃鱼饱腹，把鱼骨磨成利刃，粘贴镂刻鱼皮成为图腾和装饰，生活的沉重会多上几分。

在历史的长河里，人类自身也是一条身不由己的鱼。

我们的骨头和肉身一直在不断地被同类碾碎，一些人的生活碎片，被炼制成戏台上的脸谱。

有人唱戏，有人看戏——有人吃鱼，有人养鱼。

你走了，树上的叶子窸窸窣窣掉落。

风一吹，满地都是逃离了水的鱼。

原载《十月》2024 年第 3 期

纸鸢说

身体的轻因需求的尺寸决定了大小。

有人说是命。

一只挂在非遗馆上的燕形"鹞子"，拒绝了命理玄说。

以尺寸劈竹子，是风筝老师傅熟练的绝活。从选用竹子的竹青面刮皮开始，每一种力道，都是在打磨一枚风筝骨骼的韧性。尺寸和图纸，是烘烤竹条的关键，决定每一节骨骼该承受什么样的风吹。

糊上无纺布或者绢，是江南纸鸢的特色，再画上图案就是一只风筝。

风筝在北方叫纸鸢，南方叫纸鹞，湖州叫鹞子。它们些许不同，但都是要飞到天上。

观摩制作一只纸鸢的过程，老师傅说，做风筝有"四艺"——扎、糊、绘、放。

人何尝不是另一种，握着自身的线，涂绘自身色彩的纸鸢。

原载《星星·散文诗》2023 年第 12 期

辑 二

江水里的星河 [组章]

灰 一

当孩子面对逝去

一个小孩望着正在准备的宴席，瞪大的眼睛正闪着光亮，对草莓拼盘垂涎欲滴。

周遭一片肃穆，现在是葬礼的后半场，男孩的父母——我不熟悉的亲戚嘘寒问暖，接着和大多数的不知名者一起哀叹，这股沉重吓走了墙上的麻雀。

唢呐里吹出的是对故去时光的篡改。

小孩晃着腿，他似乎只听见节奏感，以及城中不曾体验的乡土气息。

我还听到他在问："为什么这次没有糖吃，上次去的地方就有。"

他知道这是场典礼，但婚礼还是葬礼尚分不清，或本就差别不大。

唏嘘着，寒暄着，互相打量，真情实感都被延宕。小孩不理会那些繁琐，他已迫不及待坐入席位，等待着那个老去的长辈发号施令。

然后大快朵颐，然后青涩地说谢谢。

江水里的星河

冬日的雾霾遮天，枯树斜矗于长江之畔，鸟雀不存，芳草零落，连游客都不再触及这昔日繁盛之地。

然而河水依旧粼粼，对岸的零星灯火映照在微微荡起波纹的水中，孱弱却倔强。

水滴们彼此协作，向远方传播光芒，用折射的力量孕育出了不断流动的星河。

偶有船只驶来，搅动了一整片绚烂，那低沉的汽笛声，是宇宙中不可知的生灵倦怠时的叹息。野猫在灌木中酣睡，时而掠过的飞鸟，正向芦苇深处的家庭赶去。还有突然蹿出江面的鲫鱼，它用自己的身躯制成了转瞬即逝的流星！

星星的谪落成就了俗世的升华，奇景如此，注定留不住。偶然来此散心的惫懒人儿幸运地窥其片段，且留到梦里重温，便应该满足了。

在先锋书店外的争执

一个男人在歇斯底里，一个女人在低声啜泣。

他们之间保留了极其微妙的距离，不够拥抱，也不够逃离，倒是能勉强塞下几本软壳绘本——男人用手捧着它们，通红的拇指在书籍上留下伤口。

此时，咖啡味正浓，但人群躲得很远，那些露天的、让人标榜优雅的圆桌眨眼空落。

有店员站在门内张望，小伙子皱了皱眉，回到收银台里，他按键盘的声音活像一位骑士。

那个女人也开始吼叫，书被随手甩掉。华丽的封皮脱落、起舞，连蝴蝶都会嫉妒。

很快两个人意识到尴尬，低着头似要分道扬镳，最后还是聚在一起，低头，朝一个方向远去。他们是两根互相交缠的藤蔓，抢夺着领土，却撕扯不开。很多人开始抱怨他们没有教养。

我却产生了一些嫉妒，就像蝴蝶嫉妒那被遗忘在角落的封皮，尽管无人捡起。

空　楼

我在教学楼里写一篇论文，马上就要完工。接下来还要准备精致的PPT，流利的讲稿，敷衍老师提问的没有错误的废话，一张谦虚认真的笑脸，还有一套得体衣装……

　　然后，我的一段生活就结束了，连带着我的徘徊、奋斗以及苦恼，那些引文和图表自以为是地把这几年时光说得透彻。

　　有女孩在走廊里背单词，时而蹦跳着闪过窗户，如一只椋鸟。

　　我激动地站起身，几乎就要放声呐喊，但最终，生生吞咽成了一个——"嗯"。

　　教室里许多人看了过来，那些考研、考公、准备期末考试的脸挂着被绷紧的好奇，他们不理解我的激动。

　　这个教室对我来说已是空空如也，隔壁的和对面的同样如此，甚至整栋楼，我曾爬上爬下上课的所有地方都变得空荡。

　　浓烈的疏离感证明了：我已不属于这里。

独　坐

　　一袋橘子被遗忘在公园长椅上，那种橙黄在逐渐坠落的阳光下格外刺眼。我呆呆望着它们，似看到一群伶人在垂泪。

　　人流不少，却很少停驻，只是在园中心的老槐树前留下许许多多闪光灯的残影，之后便赞叹着，去往下一个打卡地，他们赞叹了什么？

　　犹如橘子无法主动寻找主人，甚至无法确定自己是否会被吃下，独坐的人也不知道——何时蚊蚋的密度会突破忍受的极限。汽笛声愈来愈近，成为一首颂歌，为新建造的现代主义雕塑，以及只有零星灯火的高层楼房。

　　须知：仅仅几个街道外便沸反盈天。

　　街边网红店迅速地开张、倒闭，好不潇洒，很多日子流过——松林、红塔、老街……被洗掉太多的锈迹了，以至于回忆几乎赤身裸体。

　　我羡慕那些旧过客之旧，新生命之新。

　　要么已然告别，要么未曾见过告别，皆能自得其乐。

　　飞蛾在灯光下开始聚会，我起身，赶紧离开这被碾碎的熟稔。

栖霞山之歌

在山中，人类产生的嘈杂被无限弱化，自然之歌占据了所有的耳朵，甚至在堪堪踏上青石长阶的第一步，空灵的曲调就已响起。

翠鸟的声线在松针摇荡的映衬下如琉璃坠落，一个神与人爱恋的古朴故事，被如怨如慕地倾诉。溪流可经受不住这样的悲伤，她的呜咽送来了清凉。

摆脱倦怠之感后，再向山顶进发，鸟的欢笑与诵经声交融，那古寺的铜钟正等待有缘人到来，届时雄浑的慨叹必能引发福至心灵的顿悟。最活跃的永远是蝉鸣，像一群小孩子，在骄傲地展示自己的歌喉，在他们的家园里没有尔虞我诈，更没有虚假的成熟。

最伟大的，当属枯叶与树枝，甘愿牺牲自己，在脚下劈啪作响，化作下一场繁茂的能源。

坐在山石上休息，还能听到山之心的汹涌跳动。

大山中的音乐会永远都是如此慷慨，无需昂贵的门票，只需平静与安闲的半日时光，便能享其精华。

原载《散文诗》2024 年第 7 期

大地上的献歌 [组章]

徐后先

青蛙把春天的门扉叫开

一只青蛙，"呱呱"把春天的门扉叫开。一群青蛙，加入了春天的大合唱。

清水把草木的倒影和青蛙的嗓子濯亮。月光的丝绸里，仿佛有手持长髯的乐公伫立于水上，抖动长袖，击打编钟。水灵灵的音乐，漫过田野，淹没了苏醒的村庄。一条羊肠小路，宛如肚皮发亮的水蛇。

跳远的蛙声从小荷尖尖的角上跃起，从低垂到水面的柳条上跃起，滚落到水底明晃晃的镰刀上，溅起一塘秦汉的星光。当绿油油的音乐漫漶，仿佛有一池冰镇汁流淌到龟裂的六月的唇边。

有的蹲在荷叶上，甘为唱针；有的匍匐在水草里，与世无争。此番唱罢，彼岸潮起，我看见了儿童团、少年先锋队、青年突击手、夕阳红。

为旭日寒露而歌，亦为黑夜流星而歌。青山绿水做证——当歌唱成为信仰，黎明终将到来。纵使面对屠刀，也用鲜血歌唱。在一个清晨把千万个沉睡唤醒，在一个子夜把千万道伤痕治愈。

此刻，我只想听从炊烟的召唤，牵着耕牛走向水边。看母亲弯下腰把谷种浸在音乐的中央，春天的涟漪向四周漾开，画着同心圆。

仰望高枝上的黑蝉

居高声远。黑蝉放歌的时候，整个夏天都在流汗。

坐在树阴下，我仰望着高大的皂荚树、笔直的白杨，树梢之上，是绣着棉朵和马匹的蓝绸子。仿佛有斑驳的箫声从树叶间筛下，"知了——知了——"蝉想告诉我什么？

忍受了四年的黑暗，才拥有一夏的歌唱。当命运阉割了嗓子，哑蝉以沉默歌唱。从此起彼伏的音乐里，我听出了忧伤，也听出了欢乐。

晚霞满天。蝉声是通红的，像炉膛里的烙铁。唯有不停地往音乐深处走，直到它消失在黑夜的长廊尽头。

最初与蝉相遇，是在我失魂落魄的时候。一只拱破泥土的蝉，从杨树下的洞穴里蜗牛一般爬出冬眠，我们对视着。它步履蹒跚，仿佛一个灰头土脸负重的樵夫。

蝉就近爬上一根灌木的枝条，犹如抓住一道闪电。

更多的时候，只能见到一个个撕裂的黄铜般的蝉蜕。以此为药，去忍受羽化之痛，做一次艰难的蜕变。

别无选择！大地是我的来路，也是我的归途。

纺织娘身体里有一辆纺车

"沙沙沙——"仿佛有一位女子在纺纱织布。

循声找过去，只见一个黄褐色豆荚落在花瓣上。祖母告诉我，那就是纺织娘。它轻轻一跳，又继续摇它的纺车。翅膀跟着抖动，像一个情窦初开的姑娘。随后，从祖母手中闪电一般逃走了。

月光淡淡地照着。它为谁纺织？它想成为谁的新娘？

夜深了。纺织娘，你冷吗？

渐渐地，我相信每一个纺织娘身体里都有一辆纺车。但它并不是我心中的纺车，也不是我心中的纺织娘。

薄霜打下来，门前的柴垛上爬满了黄瓜藤、丝瓜藤，它们相互纠缠着。缠绵的音乐从高处流泻下来，宛如大地上飘零堆积的黄叶，锁入黑夜的囚笼。

祖母裹着小脚端坐在枣红的纺车前，右手紧握手柄，左手捏着的棉条像春蚕吐丝一样。一支银簪插在高高挽起的发髻上，闪着岁月的银光。

深邃的星空下，又响起熟悉的金属质地的声音，像一曲旷远的古筝独奏。我却感到从未有过的失落、迷茫——枣红的纺车早已被劈碎当柴烧了，只剩下这空心的声音在萦回。

鸟是树上的花朵

鸟雀在门前的电线杆上画完五线谱，又回到树上。

树上到处是花朵。孤独的花朵，咬耳朵的花朵，赶集的花朵，鸣叫的花朵……一个飞走了，另一个飞来了。飞到哪里都是歌唱。鸟鸣粘在柳絮上漫天飞舞，将苦楝树淡淡的苦味融化了。

高处的喜鹊，低处的麻雀，形影不离的斑鸠，一飞冲天的叫天子，穿着燕尾服的燕子……它们一齐放歌，像大铁锅里炒蚕豆。它们保持沉默，黑夜变得沉寂而漫长。

树梢上挂着漆黑的鸟巢。鸟妈妈叼着青虫正从田野上飞来。

哪有妈妈不爱自己嗷嗷待哺的孩子的？曾经无数次仰望枝头。我也是妈妈的一块心头肉，是妈妈怀里的一只灰喜鹊。但鸟雀是要归巢的。飞得再远，终归要回到树上。正如我回到藕塘村。

夜莺在头顶歌唱。我双臂伸展成枝条。请允许我低下高贵的头颅！我掏过鸟窝，也曾用气枪瞄准过斑鸠；我歧视过乌鸦和猫头鹰——它们对寒冬和黑夜独具个性的歌唱。

蜜蜂从来不会迷失方向

没有翅膀不能抵达的地方。哪里有鲜花盛开，哪里就有蜜蜂歌唱。漫山遍野的花朵。蜜蜂正从唐诗中飞来，唱着一支古老的歌谣。一路追逐着芬芳，小小的蜜蜂总能找到大海。在落日的召唤里，又返回炊烟袅袅的村庄。

白天采蜜，夜晚酿蜜。有时就在花朵的船舱里露宿，听风浪摇晃着小船；有时也会折翅于一场突如其来的暴风骤雨，抑或丧命于搏命的一蜇。

蜜蜂从来不会迷失方向。一朝为蜂，便为蜜而生，为蜜而死。

正午的阳光涂抹了蜂蜜，晒得黝黑的养蜂人浑身发软。蜜蜂还在田野上穿梭，扇动透明的翅膀。蜜蜂飞到槐花上，蜜蜂飞到枣花上，蜜蜂飞到荆条花上，蜜蜂飞到油菜花上，蜜蜂飞到凡·高的向日葵上……蜜蜂飞到我的梦里——母亲左手端着瓷碗，右手举起汤匙，黄澄澄的蜂蜜滴下，滴在我苍白的舌苔上。

蜜蜂飞到我永久的疼痛里，我眷恋着人世间所有的清香和甜。

原载《散文诗》（人文综合版）2024 年第 6 期

猎　雪 [组章]

支　禄

一棵草

雪，一片又一片，小飞刃样。

嗖嗖地，势如破竹。

一棵草，浑身上下，让雪横一下、竖一下，划得不像棵草的样子。草，丝毫没有勾头。

草，挺得跟一杆枪似的；

一身硬骨头，气宇轩昂。

在阿勒泰，不知草的靠山是什么，雪天雪地，雄赳赳气昂昂，如此底气十足。

一棵会过日子的草——

时常忘记了自己是草，而是铁钉钢刀之类的生命。

荒　凉

雪，白得不能再白了。

男人，一杯又一杯碰着喝。杯子的响声，刀子一样，飞出去，划破荒凉。又转身飞回来，像回到刀鞘。

男人，掉头一望，个个面面相觑！

荒凉又很快合上，铁板样紧紧地连在一起。

顿时，个个惊得目瞪口呆。

此刻，男人们想喊上一两句，可喉咙里总有什么堵着，死活喊不出声来。

在北方，一旦深陷荒凉，脚步放快，就追上荒凉，脚步慢一点，又被荒凉追上。

一旦年轻二十八还走不出荒凉，一辈子说完就完了。

尘　世

烤着炉火，一个个舒服地往下勾头。

慢慢地，慢慢地——

勾到胸前，无意间，借着火光，瞥了一眼。

不看不知道，一看吓一大跳。尘世的雪悄悄咪咪地往心上落，不知不觉间，雪山样，高高地站了起来。

顿时，一个个大吃一惊！

慌乱之时，赶紧站起，一走了之。

一不留心，一连翻了三四个跟头。东村的胡三，试了五六下，竟然站也站不起来！

看上去轻飘飘的雪，一旦落在心上，原来比大山还重呀！

鹰

半空中，"咔嚓"一声！鹰，又让老北风折断了腿。鹰，栽了一个跟头，重重地，跌在茫茫雪地上。

大半天过后，鹰，长出一口气，灰头土脸，鬼样冒出头，一声不吭，咬紧牙，用另一条腿先把半个身子撑起，另一半紧跟着稳住。

雪，铺天盖地，丝毫没有小下来的意思。借着昏暗的灯光，鹰，用嘴啄来啄去，不停地包扎伤口，时不时痛得满头大汗，战栗不已！但作为天空的鹰自始至终从没呻吟一声。鹰，心里明白，只要呻吟一声，自己就不是天空飞来飞去的鹰了。

等雪再大起来，鹰，终于包好伤口，一高一低地飞走了。

从此，鹰飞过的天空，立马倾斜起来。

雪，也稳不住，河流样涌向北方更北。

野　雪

风，不费吹灰之力——

一伸手，轻轻一拦。

顿时，撒泼的雪，吼叫的雪，耍赖的雪，一拐，迅速往一个人的心里钻。

一旦钻到心里，侧耳一听，老牛一样声嘶力竭；用手一抹，全是闪电雷鸣；壮着胆子吼上一声，雪，摇身一变，全是明晃晃、亮晃晃的刀口，斜斜地、密密地立起来。

野雪劈头盖脑地朝心里落。

借着灯光，体内叫着心呀肺呀胃呀！

一个个披着雪，悲壮地站起来。

面目沧桑，宛如古时英雄！

草

草，一动不动，夸张地站着！

雪，一把又一把打来。

雪，好重呀！大山样，压在草身上。

头，眼看快要勾到地上！说一口气上不来就上不来的样子。

过路的风，再也看不下去，跑上来，使劲摇了一两把，大声地喊：草呀！醒一醒。

草，抬起头，两眼茫然，抖了一两下。

雪，哗啦一声，落在地上，足足一拃厚。

酒　令

"一心敬，点状元。"

一声高过一声，满屋子浪样起伏，根本不把雪打在眼里。

"桃园三，三星照，三朵朵。"

酒一上头，男人吃了豹子胆，用挑衅的目光，一遍又一遍折腾。比如，目光挑一下，再挑一下。雪，死去活来的样子。

之后，雪，不知所措。

"高升起，高高升，六连连。"

听着声声酒令，

一时间，呆立在空中。

下也不是，停也不是。

雪　白

雪，一口气下了个三尺三。

雪，丝毫没有停下的意思！

连一棵草都心知肚明，还会再下上个三尺三。

要干的事就得明年干；想说的话只好在雪下面喊；想见的人只好等雪融化了再见。

山梁杆儿上，风，一句又一句粗着嗓门说些风凉话。话，最凉的几句，让人情不自禁地打了一两个冷战。

紧接着，雪的白，把一个人的两只眼眶挖空。

全天下，一塌糊涂地白。

意　外

牛，漫不经心地走着。

突然，一个喷嚏。

屋檐下，马蹄再也站稳不住了，紧跟着晃了两三下。

熬了半月的雪，猛地一惊，搓绵扯絮，纷纷而下。

一路从梦外下到梦里。

顿时，屋里说的话，找不出个头绪来。屋外干过的事，埋得无影无踪。今夜，想到梦中来一趟的人，半路上，统统让雪放翻。

长长地躺着，眼睁睁地望着。

鼻孔，有出的气，没有进的气。

风

喝酒声，一浪高过一浪！

鹰，惊恐万状，牵着一场大雪，沿着杯沿，一圈又一圈地溜达，已是筋疲力尽。

喝酒声慢不下来，一时间，无处搁浅。

偶尔，悄悄地凑上来，嗡嗡地咬着男人的耳朵，低三下四，用一腔北方女人的柔情劝不要再喝下去了！可是，喝酒的男人，石头一样，稳稳地蹲在炕沿上，老牛一样犟！人的话听不进去，鹰的话更听不进去。

一脸满不在乎，根本打不在眼里。

在北方，男人看不起劝酒的人，更看不起劝酒的鹰。

头羊

一场又一场雪，追得实在太急！

天地空旷，羊群已无处躲藏！无可奈何地，眼巴巴地望着头羊。命，一下子走到刀刃上。

头羊的肩膀，压了一座雪山，一下子重了许多。

头羊，使出最好的力气，朝稍远一点的地方瞄了一眼。头羊，眼睛亮了：

岩画上，蓬勃着旺盛的水草，有吃有喝的。雪，有三头六臂，动不了半根毫毛。

心，一下子镇定了不少。

头羊，神秘兮兮地挤了一下眼睛，然后，一声长长的咩叫。一只又一只羊儿，咚咚地，敲锣打鼓似的，一个蹦子又一个蹦子，就顺顺利利地跳了上去！

头羊，望了一下天空，再瞄了一眼内心。然后，一动不动，灵魂深处，大雪纷飞。

岩　画

让大雪追急了，羊，一个又一个弧形地跳跃。羊，轻而易举地奔上岩画。羊，刚刚站稳！

往时光深处一看，瞠目结舌，让雪逼急了的狼虫虎豹先自行而来，伏在水草下面，眼睛一眨一眨地，幽灵一样瞄着外边的雪！

一道道锋利的目光，提醒不能再靠近啦！

羊，一脸镇定，天不怕地不怕。羊，心里清楚，一旦奔到岩面上，事情发生 180 度的大转弯：野兽们关心雪，对羊毫无兴趣，更多时冷若冰霜，无动于衷。

羊的想法一点没错。如今，三千年过去了，有谁看到羊让野兽撕咬得遍体鳞伤，血流成河？

愁

愁，一旦上了心头，

继续得用酒浇。尘世，别无他法。

雪，连着下上两三个月，愁，一疙瘩一疙瘩，一下子纠结了万年的样子。度数太低的酒，毫无办法。而冲劲稍大点儿的酒，又望而却步。

尘世间，解愁的酒，像越来越不好酿造。再加上风一搅，愁上加愁，更难解了。

一杯又一杯，喝了一个冬天。

愁，石头样死死地压在心底。

可大唐诗人李白，不知喝哪种浪漫牌子的酒，仅仅两三杯，与尔同销万古愁呢！

今人的愁硬撑得没法浇散，还是根本酿不出这样的酒？

门　缝

雪，透过门缝，一不小心；雪，一而再再而三地把人看扁。

炕上，一个个看上去无所谓的样子，其实，煮熟的鸭子还嘴硬，内心早已崩溃。

连山里的一棵草都心知肚明：

尘世，吼一声，让雪能退三千里的男人，已经越来越少。

不经意间，雪，顺手把说大话的人，心里心外，统统埋了一遍。

猎

转眼间，狼虫虎豹统统赶上了绝路。

可猎人来不及哈哈大笑！

一只只立在崖边边上，一声又一声地朝天嘶吼。

吼声锥子一样锋利，洋镐一样结实，立马把天空捅了一个窟窿，紧接着，又捅了一个窟窿……

雪，来势越来越猛，一眼看上去要下破头。

等雪再大一点，猎人吃惊地发现：

在阿勒泰，狼虫虎豹的吼声也是一场雪。

吼声，遍地响起；

大雪，铺天盖地。

半 夜

半夜，雪停了！

话，也说尽了。

茫茫雪野，一个叫贾登的人，扶着冰冷的月光站起，定睛一看，两肩膀托着雪，像一个人咬紧牙关举着两座晶莹的雪峰。

和雪打了一辈子交道的人知道！

古老的北方，一次又一次，突围如席大的雪花后，骨头才会变得硬朗，刀子样迎风而立。更多时，雪花飘呀飘！没有底气的人，片刻，会被飘没，了无踪影，像没来过人世间。

村里的老人还说：

雪神，年轻时就贾登这个怂样。

野 兽

雪，把贾登死死地拦在山外，寸步难行，叫苦连天。

森林深处，野兽们异常兴奋，鬼样逍遥，心里根本不把贾登当作一根葱。

贾登跺着脚，张口大骂，气得要吐血的样子。

听到骂声，野兽们更是乐不可支！得意洋洋，大口大口地喝老北风，像我们一碗碗喝烈酒庆功。

一个人气急败坏时，枪子儿长八双眼睛，也找不到猎物的老巢。轻而易举，一时间，让玩得跟泥巴似的。

作为地地道道的猎手，此刻，贾登羞愧万分！

猎 人

猎人，没找到猎物。

一个上午，无所事事，然后，解下腰间悬挂的酒囊，坐在石头上喝闷酒。

酒，一上头，就高一脚，低一脚。

走起路来，晕晕乎乎的。

天，旋转成地；

地，旋转成天。

时不时，朝头顶放上几枪，壮壮胆子。

枪声过后，心里更加空荡。

一个人

雪，砸了前胸又打了后背。

落在身上，刀子剐样难受！

现在好了，雪终于静下来。

人，从口袋里拿出骨针，一针一针地缝。发现雪划的伤口，有些看得见，有些根本看不到。

看见的伤口缝上一两针，说好就好了！看不见的伤口就是一个人浑身上下长八双眼睛也找不到，就更不用说缝了！

坐在石头上，隐隐传来声声叹息。

沙子样磕碜，一年四季折腾着，睡也不是，坐也不是。

落 雪

风，一大口一大口，把天空的窟窿越吹越大！雪，再也藏不住了！洋洋洒洒，落得天地间一无是处。

雪，没地方落了，雪，发现一个不可告人的秘密：天大地大，没人的心大。

一掉头，神不知鬼不觉，一朵又一朵，往人心上狂奔，大骡子一样凶、风一样猛、闪电一样快。

看着奔跑的雪，一个个目瞪口呆。

一个人有提着碌碡打月亮的本事，可休想挡住往心里一蹦一跳的雪。不知不觉间，人，霜打的茄子，青一块，紫一块。片刻间，蔫了下去。

头，再低一点点就看到：

雪，在心里落了一拃厚。

风在唱

风，粗着嗓门唱，唱天山雪花大如席。

风，爬在树上唱，人，从树下走过时，看见风弯着腰唱！

心，快要吼出来的样子。

风，还在唱，唱图瓦人古老的民谣，唱贾登砍木时唱过的歌谣！唱牧神饮酒时的曲曲儿。风，唱月亮的歌谣：初一到十五，十五到初一，缺了圆了，圆了缺了！

风，唱着唱着，白了一座座山头。

上了年纪的老人说，在北方，冬天风唱多少歌，就会落多大的雪。

日　子

雪，漫天而来。

天空，一下子暗了不少。

一盏悬挂的马蹄灯，不得不提前亮了：雪山深处，有人背着一背篼柴草！像背着雪白的歌谣！

满满的，一颠一颠走来。

雪的歌谣，很重很重。

看来天黑，不一定能搁到院子。

冰锅冷灶，熬到天亮！

天亮，即使跳上一个蹦子，也不一定看到出头之日。

那夜，马蹄灯站在屋檐下，心事重重，一直没抬头。

茫 茫

一个人走在茫茫雪天。

雪，在脚底下"噌噌"地叫着，一清二楚，还不是想说上几句不冷不热的话。

可这样的话，雪天雪地，谁有心思来听呢！

雪，一把一把地塞进眼眶。

一眼窝子的白，看不见东西南北。

天地间，一塌糊涂地白。白得，呼出的气白白的，说出的话白白的，连唱出的歌也白白的。

再白下去，又是一场雪茫茫。

灯

黄昏风，锥子一样尖锐。狠命朝上一戳，天空，立马一个大窟窿。

雪，纷纷而下。天边，一盏灯亮着！是说有人还没睡，老地方等着。人，就得走下去。

雪，下了一尺厚，还没埋住灯！又下了一尺，灯，站在雪天雪地里。偶尔，晃一晃，像人时不时低踮高踮一两下。或者，再冻时，不停地哈着手。

整整一个晚上，灯，咬紧牙，丝毫没松一口。天亮，一个个终于抵达。扑通一声，跪在灯下。

风，冰冷冰冷地吹过。灯，一下子睁大惺忪的眼睛：孩子，去了哪里呀？

雪

一个个使劲地拉着领口，还不是怕雪钻进来！

雪，伤在外面，太阳出来很快就好了。雪，打在骨头上，说不定咬咬牙挺了过去。雪，落在血液里，等身子暖和，也会很快融化！

雪，落到心上，一大把年纪的人了，就不一定能取出来。

那人，又弯下腰，紧紧地捂着胸部！

看来雪又开始折腾，人，慢慢地勾下头。

头，一直勾到地面上！

人生在世，看来最要紧的，是护住心，不要让雪落进来。

一件皮大衣

茫茫雪原上，一件皮大衣挂在树梢上。

远远看上去，像替一个人受刑。

西风吹雪，呜呜地叫着，一个劲儿在说什么！尘世，谁也听不懂。等再大时，驴吼马叫，一时间要吵破天空的样子，村里的人赶紧把窗户紧紧地闭上。

风搅雪，越来越大。

雪，从领口下来，一捧又一捧，活生生地塞在里面。浑身上下长着嘴，也休想叫出声来。

慢慢地，一点动静都没了。

等天大亮，心，一下子像凉透了。

一动不动，硬邦邦的，好大一场雪啊！左看右看，竟然连灵魂也冻结在雪原上。

雪 鸟

远远地看上去。

一疙瘩雪在叫、在跳、在飞！

走近一看，一只雪鸟忙来忙去。黑夜很快来临，雪鸟无动于衷，再黑的夜，也埋不住雪鸟的亮光。

雪，再下一尺，雪鸟，又亮一丈。

赶夜路的人，碰到雪鸟，等于天上白白地掉下一盏灯，让顺手提上。

夜，再黑，路，再远，也就不怕了。

午　夜

风来时，雪鸟张开翅膀，密密地堵住，再大的风在四面转起圈儿，也休想吹到心上。

吹不到心上，灯一样忽闪忽闪地亮着。

梦一样飞来飞去。

凑上前一看，雪鸟睡在暖暖的雪里！满脸兴奋，那个兴奋不已的样子，雪鸟在灯的亮光中看见了明天洋洋洒洒而下的雪。

雪，雪鸟的口粮！

大雪漫天，等于衣食无忧。

埋

雪，说来就真的铺天盖地而来！

雪，落在眼眶中，天空变得灰暗；雪，落在心上，刀刃样冰冷；雪，落在骨头上，挺不直腰杆；雪，像一个人的重重心事，头勾到胸部，借着天光朝心里一看，日子，看不到一点头绪。

雪，再继续下去，就埋住了一个人的心。

一过中午，一旦抬不起头来，那人，就再也抬不起头来了。雪，再下上个三尺三，一个人的七魂六魄也让埋住了。

在谁的面前都想说一两句。

可话到嘴边，身子又一下子塌了下去。

原载《散文诗》2024 年第 4 期

在夜的梧桐树下挪移 [外二章]

伍荣祥

街边的梧桐在视觉内模糊。

傍晚，沿路落叶满地，唇边的话语被脚底沙沙的响声淹没。华灯初上，微红沉落于天边，城市的地标建筑瞬间成为剪影：夜色终于降临！

是的，时间淌入秋的河流，白天的事物与情愫在灯火下变异：有人狂舞，有人迷醉，有人沉睡，有人独醒。

城市之夜，只有灯火，梧桐在沿街投下一排排影子。

此刻，谁也看不清谁！

灯火在叶缝中缭绕，脸庞在一明一暗时片刻虚无。

秋夜，注定没有睡眠。

他者在朝前，我却在往后——

灯火让人眩晕，我在梧桐树下沉睡与独醒之间来回挪移。

他者在收获，我却在遗忘——

包括删除一些令人不安的词：苦难、失意、欲望、贪婪、刁狡、狂妄、仇家、怪癖者、庆气者……

若一只迷途的夜犬

山顶之上，是谁家种植的一片芭蕉林？

你看：阳光之下呈现翠色和鹅黄，给人炫目与迷幻。这是谁家修筑的居所？

仰望与好奇，我来自喧嚣之地，我怀揣困顿和不安。

我在这块山脚下流连，踱步又踱步，仰望又仰望，后退又前行。

无力抵达山顶，我若迷途的犬。

有家难归：鸟亦有归程，我的归程何处？

夕阳西下，山顶升起炊烟，无数清脆又喳喳的归鸟之音从芭蕉林的叶缝处依稀传来。蓦然，星子缀满天空。

山脚之下，我依然徘徊和仰望。

有家难归，若一只迷途的夜犬。

两眼继续朝上：仰望与呼唤，星子与鸟音，我开始在前行中后退……

该怎样熬过不安的夜晚？

袅袅的炊烟：我没有归处！

我像浪迹于旷野中一粒蠕动的黑点。

步履踏入同一座桥

三次了，天空依然蔚蓝。

我蹒跚的步履踏入同一座桥。时光已过数载，两旁的石雕栏杆如旧，绿油油的苔藓长满桥面。

历史让我无语。这是必由之路？跨出门槛又走入门槛：我在逆行，我在重渡同一条河流！

今日与明日有什么区别？

我一路伸手一路思想，一路朝前一路后退；我的衣襟和裤管在风里飘动，沿途的庄稼与野草也在不停地拍打着我。

我不断喘息，我不断流汗。

呼啦啦的声响，在我耳边一路相随。

桥啊！你的诱惑，我的烦忧。

第三次了，你的呢喃，我的牵挂。我往返于天地间，我在重渡同一条河流呀！这是谁给谁修筑的桥？

白雁在空中尖叫：一排排，远去又消失，消失又无声。

我心若河流之舟，浪花拍击船舷，我随缘紧握船桨！

原载《星星·散文诗》2024 年第 2 期

春天里，走过海上河姆渡

姚碧波

春风带着我走过马岙

春风浩荡，春风带着我，走过马岙。在这里，春天已经走了六千年，甚至更久远。

从新石器时代开始的春天，从土墩开始的春天，还将呈现。

就像先人们点燃的火种，还将点燃；就像无数的草木，在这里落地生根，枝繁叶茂。

马岙的历史，是从土墩出土文物往上追溯的。

是从先人们驾着独木舟，靠山而居、依水而生开始的；是从磨制石斧、制造陶器、从事渔猎开始的。

付出劳动、血汗和生命，在大海边建起最初的家园。这闪着光芒的史前文化，比万亩盐田上的盐粒更晶莹夺目。

在马岙，我是无法绕开稻谷的，这南方的作物。

最初是从一粒稻谷开始的，现在还在大面积种植着。遍地的稻香，在袅袅炊烟间，让人类开始远离荒蛮。

这是群岛海洋文化的曙光，与河姆渡、良渚文化一脉相承。据说后来载着稻种的木船，从这里漂洋过海去了日本。

春天打开了一朵朵花，打开了马岙的山山水水。

六千年过去了，沧桑巨变，土地还是曾经的土地。时光里，复活的已经复活，沉睡的还将沉睡。

生死轮回，先人们不知会醒在人世间的哪个春天。那些深埋地下的陶器，以各自方式守护着最初的美丽。

四月的早晨，如此空旷。从团结水库大坝上向北远眺，一马平川，城镇、土地次第展开，更远的是大海。

金黄之下，呈现的是祥和，是宁静，是六千年来的坚守。

这个春天，梦幻般无尽的富饶，将在大地上一一呈现。此时，我要静下来理一下思绪，以免被山头飘扬的落花淹没。

凉帽蓬墩遗址

凉帽蓬墩遗址上，遍地的芦苇在风中飘摇，无论多弯曲，风一过，挺得直直的。

这起伏不定的生命，茁壮繁茂，生生不息，承受着六千年的孤寂和凄苦。

先人们以石器、陶器，以土墩的形式，留在这里，就像轮回的四季，从来没有离开过。

我听见泥土深处，陶罐发出的声音，带着新石器时代的问候，那么亲切。

不要去惊动它们，不要去挖掘它们，火光早已熄灭，陶罐早已破碎。

在泥土深处，其实是陶罐最好的归宿。来自土归于土，和泥土相亲相爱，厮守终生。

在遗址上，我要站成一根芦苇。

和遍地的芦苇一起，替先人们守护着土墩。

马岙博物馆的石斧

在马岙博物馆，我注意到陈列的石斧，一把一把，大多厚厚的，刃口迟钝。

锋芒只是石斧上飞翔的青光。厚重、质朴，才是石斧内在的本质。

这让我想起先人们，用石斧砍伐，一下一下地，一定很艰辛。

得使出浑身力气，花上很长时间。那是无法复制的艰辛，凝聚着勤劳和坚毅。

在石斧不断光滑、精致和锋利中，时间被砍光了，从石器向青铜挺进。

一把把石斧，让六千年的时光拉近。先人们的手印，至今还留在石斧上。

寺岭古桥

先人早已远去，与古桥相伴的，是大山，是古道，是溪水，是老树，是飞鸟。

这座单孔石拱桥，全用碎石乱石垒砌而成，在群山的最低谷，在寺岭与诛倭岭之间。

200多年过去了，仍横跨着，自然成了古桥。碎石乱石是属于大山的。用山石搭起来的拱桥，守候大山，浑然一体，成为古道的一部分。

溪水流淌了千百年，从最高峰流下来，在古桥下穿过，带着大山的灵性和思绪。

美是掩不住的，清澈、纯粹、明亮，这流动的泽光，让人心生无限欢喜。像山上古寺的和尚，下山传经去了。

走在古桥上，有先人擦肩而过。转眼间，消失在北山树林的后面。

马岙博物馆的稻谷印痕陶片

陶片太多了，这些来自新石器时代的陶片。每一块都很珍贵，就像馆里展出的石器等文物。

而我独独钟情于那些印有稻谷印痕的陶片。

在夹砂红陶片上，稻谷，黄金而饱满的样子，是如此地清晰，如此让我心无旁骛地观看。

这些稻谷印痕陶片，是从洋坦墩遗址出土的。

5000多年前，先人们在马岙用石器耕作，种植水稻。稻作文化，那是人类史前文化，王冠中的王冠。

从刀耕火种，向着锄耕、犁耕的耕作方式挺进。在南方甚至更广的地方，千百年来，水稻养活了人类。

这些稻谷印痕陶片，曾在黑暗中沉睡。

与土墩为伴，也曾有雨水流过，有虫爬过。甚至在时间的翅膀上，面临尘土般的风化。

稻谷与破碎的陶片，是如何连成一体的。一切太遥远了，有些细节只能靠推理来填补。

先人们或许也不曾想到，这些稻谷印痕陶片，有一天会重见天日，会在马岙博物馆与我相遇。

这是我的荣幸，尽管我对水稻的来历一无所知。

这些大小不一、表面粗糙、夹砂红的陶片，由于有稻谷印痕，让每一片陶片带着穿越时空的光芒。

马岙博物馆的特大石犁

一件石犁器型特大，等腰三角形，长 63.5 厘米，尾宽 47 厘米，厚 1.8 厘米。

用页岩磨制，二腰有刃，上下左右钻孔，用于绑缚木架。底部中间，有一道 8 厘米宽绑缚木架的痕迹。

这一看上去粗大笨重且满身坑坑洼洼的石犁，作为稻作文化的组成部分，在博物馆里，在一堆出土的石器中，无疑是最耀眼的。它代表了当时人类最高水平的耕作工具。

使用石犁，种植稻谷，这是先人们智慧的体现。

以"水滴石穿"的意志和毅力，把石头磨成犁的形状。在一个个土墩上，没有牛马，先人们就用自己的身体，拖着沉重的石犁，在黝黑的土地上，翻土耕作，洒下汗水，也撒下一颗颗孕育希望的种子。

在这里，我要为这块石犁写上一首诗，因为它拥有一个令后人都感到骄傲的称号："中华第一犁"。这是考古专家考证后的评语。

99个土墩

99个土墩，一个挨着一个。先人们驾着独木舟，筑土为墩，结庐为舍。千辛万苦中，构筑起最初的村落。

99个土墩，就像99个兄弟姐妹。当海潮、野兽，甚至饥饿袭来时，他们生死与共，守望相助，繁衍生息。

99个土墩，就有99个传奇。钻木取火，烧陶砺石，猎狩渔捞，躬耕扶禾。每迈出一步，都在推动着舟山的文明史。

99个土墩，就像99颗星星。众星捧月般，汇聚在马岙。不分昼夜，闪耀在群岛的历史长河里。

在祥农采摘园

十万棵草莓，十万朵花草，在大棚里，在田地间，自由生长着。

这是现代农业，农耕文明的延续，在海上河姆渡的腹地，在水稻的故乡。

亲吻泥土的芬芳，倾听大地的天籁，那是我俯身大地之时。

阳光在身上跑着，跑遍整个大地，自由、任性，像快乐的孩童。

泥土的气息，大地的声音，让我沉醉和痴迷，我就是那个出走多年的孩子。

回归故乡，这里曾有我温柔的乡村生活，大地的秘密，等我慢慢去破解。

原载《散文诗》（上半月刊）2023年第11期

大漠飞歌

邢　云

1

一峰骆驼，从浩瀚的大漠路过。

不小心踩痛大漠孤烟那一抹阳光，以它千年沉淀的历史和凝重深刻的史诗，讲述着一个个惊天动地的故事，吟诵着一首首激昂不朽的诗章，赤身裸体的诗词，在岁月的长廊里落地生根……

2

记得在那个黄昏，一处孤寂冷寞的沙丘，仍是那峰疲惫的骆驼，挣扎着阵痛在跋涉在呐喊。

一声声悠远空灵的驼铃声，摇醒了古道漫长而寂静的时光，执着的迁徙不屈的脚印返回到古丝绸之路……

3

驼队上路了。

一种清贫淡泊的笔迹，盖不住丝绸古道。

我走入苍茫的大漠，内心激荡起久久幽怨的羌笛声，飘飞回旋……

4

置身浩瀚大漠，我不曾沾染过古道丝绸之路，那一种古老的思维，在比花绽放得更艳丽的日子里，映衬着我洁净的灵魂。

5

唐朝诗人王维灿烂的脸，让人类在今宵解读着《使至塞上》的生命。

我从古诗词文化里查找到圭臬，那是我脆弱的心灵醉倒在文字的脚下。

古老的话题，以慰问将士途中所作的一首纪行诗，记述出使塞上的旅程以及旅程中所见的塞外风光……

6

飘逸的驼铃，放飞长远的梦想，沸沸扬扬在岁月的痕迹，我踏上古人走过的路途，一种久违膜拜了思维。

生活的脚步敲开我心灵的窗口，探头观赏着往昔。

7

劣驯的烈马与踩痛诗词的骆驼，将头低在草坪上，让后来者滴下感动的泪水。

穿越时空，呼啸着抖动着，听到了那些回旋在长空中深远而清澈的音韵，捏着一把辛酸的泪水，从历史中走了出来。

8

是谁砸痛我颤抖的头颅，把那份从未泯灭过的梦想与憧憬烙印在我的心中，大漠并不孤独并不寂寞。

我目睹浩瀚的一端。云脚深处，为忧郁的灵魂，聆听永恒的音韵，诵读经典的诗词……

原载《巴音河》2024 年第 2 期

蔬菜的命数 [外二章]

贾文华

蹲墙根的暮年，只想将眼下时间，兑换成纽扣上面的光线，好系住胃肠的方向感。

叶，不会来事；梗，不知拐弯；露，不懂妩媚。雄心，亦被高厦比矮。

谨慎的加速度，闪躲壮怀激烈的练兵氛围，穿插羞于启齿的车马劳顿。

防空洞尽显，大格局初现。

窄胡同的装饰物，由补丁转为土精灵。

混迹半空，张扬个性。

笛声，切割清晨。

草根部分，抚慰黄昏踱四方步那些人。

枝条的干燥度值得商榷

少年的对视折射疑惑。

位居高山的恐慌，背负枝条的忐忑。

他眼里，高处没有阶梯，尽管距离星空更近，却摘不下一丝慰藉。

他眼里，枝条的干燥度值得商榷——

"投之烈火，能否变成，小矮人的红舞鞋？"

乌云盘踞山腰，旧路指引新城。
道路伸向山脊，修路者隐身。
微风尝试擦拭之轻功。

镶金边的谎话

双喜字站着抽泣，光线掉在外头。
主宰事物内部须具备返璞归真的理由，你们，现在没有。

迟来的信风，寻思于缥缈的民乐声里，为红地毯正名。
场记折射头顶。
两对桌椅的时空，与雪山的凝重形成反馈。
六月雪看上去白嫩，坠落下却几近暗沉。

镶金国的谎话，像失去国界的苍鹰。
将金线纫进布纽扣的本领，你们，现在没有。

原载《天津诗人》2024 年第 4 期

星　星 [外三章]

柯丹燕

繁星，琥珀色的浅澜。在夜里，我手握一把月亮，将天体扬起来，很轻，很轻。

我望见昨日的星星，在今天的夜空闪烁，如那些逝去的爱恋。

离开只是暂时的，季节一般，花朵一般，你一般。

当我这样想，便听到春天的，也是你的心跳。

我拥有一整片大海

甜美的小舟，柔情的渡口。看着你的眼睛，我不会迷失方向。

还记得第一次向爱情挥手的感觉吗？还记得第一次交换呼吸，海水漫过胸膛的感觉吗？

整个夜晚，没有人讨论溺水的光阴。海浪咬着吻痕，我们放心地摇晃，放心地推翻。

宝贝，七月的狂风不能抹去我，我拥有一整片大海。

等待春天的时候

北风把月亮吹得又白又瘦，吹落的月光是那么薄，又那么的冷。我在一次次圆缺里，看见了你的喜怒，我在这落了灰的人间，反复擦拭你明亮的身影。

一个人看天空，是那么安静，我抱着月亮在夜里翻来覆去，我倒挂在凛冽的风声里。

我多想知道，你等待春天的时候，是不是也这么无聊？

把一朵多余的云摁进夜晚

把一朵多余的云摁进夜晚，顺着雨水浅浅地凋零。刚出门的，点点思绪，迷失在潜游的梦里。

城市单薄的忧伤伫立在雨中，薄纱的月光下，看见一些雨滴的仰面空想。信仰，在命运之外，递我一杯酒。

斑斓的云彩，已经成为一种记忆，入眠，想成为春之后的夏。

原载《河源日报·散文诗专版》2024 年 9 月 27 日

坐在茶汤里的初冬 [外三章]

郭永仙

初冬的暖风梳理阳光的发辫，我用一只玉乳壶泡上茶。盈盈一握的温润，暖意从手臂蔓延，像凌霄花一样。

满街行道树依然常绿，白玉兰的花还开着，越过了季节。山野上色彩斑斓的片片叶子，是一件缀满补丁的旧衣裳。秋虽已老，小雪却也不见雪，风不急不慢，吹来阵阵煦暖，茶汤里坐着初冬。

南方的秋冬有南方的浪漫，美丽异木棉是这里的迎客之花，而乌桕的红叶比花更加热情。

路旁盛放的羊蹄甲在反叛着季节，这原本属于春天的花也在为冬季鼓掌。

阳光停留在茶壶上，有几分钟的时间，茶盘边的菖蒲笑出古老的意味。我想邀初冬的阳光一起来喝杯茶，然后让它带一杯给大地……

桃花溪

水还是寒的时候桃花就会大步走来，大地与流水都在怀春。骨感的桃花溪大声唱着爱情歌谣，所有的桃花潭边都坐着一个李白。

桃花溪的流水在嵩口的沙洲勾画出一弯下弦月，这个叫月洲的小村自唐朝起便才情荡漾。张氏一脉在此演绎了祖孙十八条官带的奇迹，南宋豪放派词人张元干从这里走出，汴州城上仗剑御敌，两阕《贺新郎》是温婉宋词里的重金属。这位忘不了乡愁的词人，后来将自己的名号取为芦川。

宁远庄的文气凝聚了 200 多年，"迎风待月"的浪漫与胸怀可以温一壶酒，饮下去尽是乡间名士的风流与豪迈。

因着桃花之名，整个村庄都有了分外的诗意，寒光阁上琅琅读书声响彻古来的漫漫长夜。

有多少风曾拨动桃花溪，这流水里就有多少家国情怀的韵致。

野苦桃

瘦瘦的溪水迈着小碎步踢着卵石奔跑向前。溪边一棵野苦桃正唱出一树甜蜜，一个叫水影的村姑挑着水打步丁桥走过，教书的阿九老师看着桃花一样的水影，一脚踩空就掉到水里。坡上一群土羊被逗得咩咩大笑，阿九看着碧水涟漪也抬头微笑。

野苦桃是烙在记忆中磨不去的印记。当年踌躇满志的阿九有一头乌发，来到桃花溪边一座庙里做了村先生。这个饱读诗书的师范生经受许多风霜，年复一年带领学生念"总把新桃换旧符"，念着念着，一头乌发染上了白雪。

长大的野苦桃更加寂寞，成熟的桃子不再有孩子问津，阿九的朗读声已消失了很久、很久……

香水柠檬

切开一只香水柠檬，看见它缜密的心绪。

它是由内心深处捧出一尊佛，在空中构成明暗高低的暗喻；清香的思想是写给世人的安神帖。

从青涩到橙黄，始终保持圆润的思路。

香水在内心深处，流涌而出，充盈在室内，那种清香是无以描述的清宁。

在夜深人静的时候，我注视着那只椭圆的柠檬，我知道你是夜间跃出水面的那尾鱼，而月光在你身上披了一件银色袈裟。

香气的曲子像佛的手指拂过，在这个浮躁的世界里需要你来安魂。

原载《福州晚报》2023 年 12 月 14 日

辑　三

句子与光线 [组章]

王冷阳

句子与光线

风把黑暗吹进我的身体。日光灯驱逐了月光，电灯的光线恒定而理性。月光的飘摇、不确定性，与钨丝上行走的光线，在修辞与物理的双重意义上构成了密切呼应。

黑夜仓皇退缩，但并不远离。

人的阴影便是黑夜的同谋。

月亮作为祖传的照明秘方，光明的轮廓被阴影描述。

在夜里，人可以凭借月光赶路；没有月光，就凭借路灯（电灯）；既无月光又停电的时候，人，靠思想照明。

月亮是黑夜的哲学。

而人是一种矛盾的综合体——既携带阴影，又制造光明。

人群浩浩汤汤，从低处的黑暗向高处的光芒涌动。

人从村庄流向城市，从植物的根部流向光线聚集的天空——炊烟是人类童年时代的一种植物，向着天空生长。现在，我们早已不需要那东西了。它只存在于课本、白纸、考试、橡皮和铅笔。人不断从肉体深处的黑暗地带，向一个句子的尽头迁徙。

一个句子就是一条路。

一条路可以缠绕如绳。

句子却没有这种功能。

从修辞意义看，句子只能使人沮丧或欣喜，但不能使人窒息。

句子是一种光线，从月亮内部垂下来，把我们脸上的阴影打扫干净。

文明也是一种光线。

撕开黑暗的大幕，以月光或日光的方式布下一道道时间流动的迷津——神说要有光，于是便有了光。

人是这世界被具象了的神。但人不能看见自己的背影，犹如火柴喊醒了木柴，却不能命令木柴停止火焰的舞蹈，回到最初的沉默——事物永难企及自己的背面。

灰烬是思想燃烧的证据。因此，人的尽头只能是灰烬。因为没有人拒绝思想。

人一出生，便开始了生命的建筑——思想和肉体同时启动。光线、食物、声音、梦境，都是思想的建筑材料。

人一生都在建筑自己的经验和技能。

人本身就是一条路、一个句子——路走完了，就无路可走；句子写完了，便剩下无边的寂静，或一掬散发道德余温的灰烬。

火 焰

四月的火焰在黑暗中合唱。今夜，市井之声渐息，麦苗静静吐穗，时间的影子遍布大地，天才在天边一闪而逝——流星和宿命被黑暗一笔勾销。谎言与现实，到底哪个更夺人耳目？岩石上的灯火与流星遥相呼应。

更多时候，我们依靠悲剧清醒，凭借谎言虚度一生。

而悲喜的边界仅限于一束光的标签：那是火焰住在木头的心里。

沉默的人，沉默的花，在春天一点点撤离。

我们还能走多久？在良心的版图上，谁不是两手空空，凭借爱和善念取暖？

在落花与坟冢之间，在植物与群星之间，天使涉水而过，时间不停地变换住址。一群游走的先贤，成为我们的词或替身，在天庭收集星光和梦幻。

谁长夜不寐，谁的头发散作绵延不绝的桃林和溪水？鸟宿池边树，谁是月下敲门的孤独僧侣？火焰永不睡去。大地尽头，流水在发芽，我们未竟的旅途是思想和灵魂的一部分。

在时间的断裂处，不灭的语言，是今夜的星辰。

一束永不衰老的火焰，在黑暗中秘而不宣，呵护着我们的热血和体温。

路　灯

暮云合璧，落日熔金。人群被风吹向楼宇。路灯是一种液体，在浓稠的黑暗中兑入街道。

路灯亮了。

黑暗被稀释，像一种薄如蝉翼的伤害，被光阴放在速度与耐心彼此牵制的道路两旁。

在我们的语气尚未被风吹散之际，一块坐在路旁的石头终于开口，说出了我们谁也听不懂的语言。只有一旁的青草心有所动。但青草能力有限，拥有很少的空气和不多的光亮。它们唯一能做的就是摇晃娇小的身躯，算是对一块石头最大的尊重。

秋天深了。

天上的星宿与地上的人群有着秘密的联动：当我们拖着疲惫的躯体走过一条街的陈述，星星就会在夜空滑行，尽管速度极慢、难以察觉，但一种超越语言的力量在星空起伏，对路灯的光芒微微致敬。

人活在自己的命中，一生走不出自己的身体——被皮肤包围，被血肉统治，被骨头擎起，犹如路灯通过光线行走，但永远走不出阴影。它的光线更像是一种声音，声音的半径取决于过往的耳朵和瞳孔。而瞳孔最终被无边的黑暗夺走。

天一黑，路灯开始工作。但人们忘记了它在工作。只有灯泡熄灭，人们才意识到黑暗的恐惧，抱怨、咒骂、喋喋不休，最后悻悻而归。只有那种等同于声音的光线，才会唤醒这个世界对它自身的关注和解读。

其实，路灯的声音就是人内心的声音。

无限虚空则隐喻思想的深度和广度。

当恒星从大地升起，路灯返回光线稀缺的语境：不必阐述，不必转载，更不必记住。

草　莓

草莓上市时，春风把河水吹胖。

鸟鸣深及血液。

如果鸟鸣是火柴，草莓就是羞怯的火焰。直线上行走的火焰，从尘世的一端呼啸而至。

万象横陈，草莓是一种最高的语言。风景灼痛我们，让我们彼此相融、变甜。一个女人从暮年反身，径直走向草莓深处。她取走了我们的泪水、晚餐和疲倦的黄昏。她审视我们脆弱的四肢和深渊，骨殖在土中翻身，种子和词根醒来，汲取雨水的营养，殷红的色泽仿若不是性情本身，而是神灵，从刀尖来到手指。

那多汁的、不盈一握的爱，那一遍遍呼唤我们的春天，锁孔转动，那把身世放在火堆上炙烤的、不问果实只求花开的浪子，奔走于世。

他来了。让我们把苦味的生活再唱一遍，用骨头去唱，也用头发和匕首去唱——把草莓唱哭，把折磨过我们也深爱我们的逝去的人唱活。让他重新进入我们的言辞和光线。

就像他从未消逝。

就像草莓从未存在。

茉　莉

这样的事实并非在书中闪现：我在房间里注视茉莉，暮色的颗粒一点点落下。

风的手术刀一层层剔开一个事件的表皮。茉莉的色泽模仿自身的阴影，把白昼的光谱搬运至内部。头颅中的颜料吹拂纸，一个人被空气稳住，茉莉的香味扶起脆弱的光辉，借以转述梦幻的种种可能。

越来越多的人借助幻象跻身于空洞的风景——道路闪耀，音乐燃烧，水在眼睛深处舞蹈……而天空是用来书写的，黑暗是用来调制咖啡的，时间透过手指的缝隙——茉莉是用来安置语气的。

这是自我拉开的帷幕。

现在，窗外已经彻底被修辞升起的雾霭笼罩。我们的生活在茉莉与美学之间留下了齿痕。而谁是武装到牙齿的人？谁用器官晃动我的书房，用落日和肉体挡住一个词前进的气流？

叶片构成假象，花香来自叙述本身。对事件的转述并非在词的内部进行。借助水分、光和电流，一株植物在行书体的落款中生产阴影，被允许落在纸上。

我们面对茉莉安抚内心，返回一场虚无的拷问，一如在泡沫般的尘世重返自身的寂静。

原载《散文诗》（上半月刊）2024 年第 9 期

歌唱的石头 ［八章］

亚　楠

行走在柴达木盆地

那时候，辽阔轻拢着苍茫。而就在这凝重的暮色中，我已经把相思缓慢地释放出来。

哦！这灰褐色土地，这生长着粗粝、莽苍，也生长恢宏和梦想的土地。我知道，亿万年潮起潮落，也曾涌动着我的相思，我的爱和蔚蓝色的梦。

就这样走进故乡吧。走进辽阔，走进一个人毕生守望的疆土。

但有些时候，苍凉也会与忧伤一起走进我，犹如走进古老的神话。虽然，我并不知道灵魂的高度，可此时此刻，谁的目光才能与我不期而遇？

那些树都闪到了我的身后。可他们站立的方式也与我的想象出奇地一致。甚至那举手投足，那淡淡的笑，都与我如出一辙……

可可西里

其实可可西里就是一部美丽童话。

当辽阔携带神秘，汇聚到岁月深处，苍凉就点燃了人类的激情。所以在我进入可可西里之后，也只能以肃穆和景仰，把自己内心的黑暗都清除干净。

狼嚎仍在远处回响。它们呼唤着，用另一种语言，诠释了尊严与高贵。在这里，大自然的法则如此清晰，就像明亮的万家灯火，起伏绵延，却又不间断地与人类同行。

而鹰就是暴风雨的骑手。

在万米高空，它们纵横捭阖，用遒劲的翅膀开疆拓土。

还有那些牦牛，星星一般闪烁的羊群，都在自己的领地上赓续薪火。我当然也知道，在可可西里，万物有灵，每个生命都会发出一道道光来。

格尔木

格尔木就像一粒朴素的珍珠，被辽阔揽在怀里。它把忧伤种植在洒满月光的旷野，犹如千年轮回，却又被时间逐一解构。

寒风依旧冰冷刺骨。只有远处的乌鸦，依旧借高枝温暖自己。

星星都已经极度困乏了，似乎，他们再也无力去参与人类的事情。就好像此时此刻，我在夜幕里打盹，昏昏然，什么样的风才能把我叫醒？

那些随处可见的白杨树，挺直腰板，满脸肃穆，仿佛从来就未曾休眠过。而这时候，他们在夜幕的映衬下，竖起耳朵，静静地聆听大地的教诲。

黎明就要来临了。在这茫茫大漠，一只鹰引领我向上飞升。

青海湖的那些水鸟

这些水鸟簇拥着，在自己的领地，用澄澈的目光把我打量。我不知道这时它们怀着怎样的心情。好奇，惊诧，抑或还是怀疑？

我来到它们中间，其实也只是来这里看看风景。

我放下人类的傲慢，仿佛最后的阴谋也已经被强力铲除。

鸟安静地过着它们的日子。在这些鸟面前，我甚至都会觉得，人类曾经怎么就会这么卑鄙无耻！他们把鸟蛋全部拿走，抑或就用一粒粒罪恶的子弹，结束了那些本不该结束的生命。

所以在鸟岛上，我内心疼痛，只能用忏悔为人类赎罪。

好在云破日出。青海湖的天空温暖而明净。似乎，鸟儿们也躲过了一劫又一劫。现在它们已经可以放声歌唱了，惬意地生活在安宁中，再也不会用惊慌而又哀伤的眼看我，看这个五彩斑斓的世界……

雪从高空向我走来

而那时，风是蓝色记忆。在山谷，在雪静静飘落的夜晚，我围炉而坐，仿佛天空很大，又很小。我想象着，雪从高空向我走来，路途遥远，且渺茫。它们仅凭自己的意志朝前走，朝前走……一直走到这喧嚣的人间。

啊！只要精神在，灵魂必将获得安宁。所以，在这白皑皑的雪原，我仿佛腾空而起，飘然若仙。

也预示着，这芸芸众生，这无穷欲念皆是烦恼的根源。而纷繁甚嚣尘上，若一种痼疾把他的灯盏熄灭。在大地上，在时间的纵深处，没有人可以改变金子的色泽，没有人能够把最后的激情完全打开。

因此我选择沉默。就像那一片河谷，风来了，落叶沉于水底，所有的鸟都回到它们的梦中……

歌唱的石头

千万年，这石头总是隐入水底。

仿佛一条蛟龙，用沉默潜伏，用深不可测的幽暗，让一切都遁形于遗忘。

时光显现出澄明。一只鸟在空中滑翔，倏忽间，也会用羽翅说话。花开花落都只是时间问题，这时候，忧郁的山门被打开，曙光正匆匆射入冰河。

而等待是必需的。就像鱼离不开水，山林总是守望着山谷。

也许还会出现一些幻影吧。只记得那一刻，我在林中飘飞，又在寂静中点燃了寂静。

恰好就在这个时候，石头开始歌唱了。它在天空告诉我，闪电正在照亮灵魂……

荒原秋草

独步荒原，便隐隐觉察到，悲悯就是一种大情怀。浩渺星空，苍茫大地，万物都在自己的命定的轨道上生生不已。可是永恒也只是一个特定的参照，在时空巨大的幻境中，我们又是何其渺小，何其微不足道啊！许多时候，我们就是风中落叶，荒原秋草。

但只要拥有一颗悲悯之心，人类便能够在混沌中获救。这是因为，心灵可以高过天空，灵魂向善，就能在善与美的拓展中，让内心巨大的潜能得以爆发。

显然，它完全超越了能量本身。

然而，茫茫时空也并非一汪澄澈之水。在黑暗与光明之间，一股看不见的潜流依旧还会咆哮着，于梦幻中扼住人类命门——抑或就是，万物轮回生息的密码已经呈现，又是谁叩响了大地的丧钟？

此刻，我从日月山下走过

那一个回眸，天地为之动容。

前路依旧渺茫，艰辛，充满着不确定性。而故乡却已经成为了遥远而苍凉的记忆。

风似乎仍在诉说，就像一个人在黑暗中喃喃自语。夕阳西下，满目都是陌生的风景。那词与词之间，相隔千山万水。

此刻，苍凉就是她眼中一汪流不尽的泪水。

当我从日月山脚下走过，内心的惶惑如同荒原一般，无边无际。

可是看啊，倒淌河又忽然转过身来，好像正朝着曾经出发的地方奔去……

原载《星星·散文诗》2024 年第 2 期

海的光片 [组章]

王猛仁

祷　语

光线暗了下来，如鹡鸰惊恐的眼睛。

黝黑的小叶榕，在长满了青苔的时间里哭泣。

听惯了古街之外的雷鸣，斑驳的曙色里，心境如水，忍受着思想深处的千年之重。

莫非遇到不断来此祈祷的长者？

天空露出不堪。

人们热衷于以屈顺互致问候，海水与鲨鱼，是否还在怨恨着彼此？

上帝不知人类的疲倦与疼痛，难以愈合的内伤潜入言词的唇间，发出诡异的微笑。

心头的月光尚未被南方的雪覆没。

迎面而来的信男善女，在生命的最后一刻，向苍穹念诵经年不忘的祷语。

太阳鸟

一句被囚禁的真言，在天空与大地深处，诉说着鸬鹚与海滨的故事。

倦怠的炎夏，听几首潺潺的短曲，犹如期待的时光在浪花上撒娇。

通过舟楫，通过绿色的裙裾，混淆宁静与欲望。

一种声音响彻云天，热烈而又年轻。

并且，用权威的口吻庄重地追寻，于巨大的风浪里等待倾斜的灯塔。

夜的眼帘迸出一滴泪，滚落在大海，如同手上的缰绳，铿锵作响。

远方游动着万千条渔船，像一曲气势恢宏的合奏。

又像一群太阳鸟，飞驰而来。

远　方

午夜收起最后的吟唱，随身携带着月光之影，不想焦灼的心绪，在无休止的等待中，于隐秘的图谋中死去。

我们在桅杆的缄默中寻觅。

那时，我深爱着，鸥鹭在碧空翻飞。

浩瀚的画面中，你以蓝天为背景，不经意间的表情，高举起叶簇的精魂。

我们追寻的目标与文字，散发着海藻的气息。

继而，在溢满笑声的故园曼声吟咏，在最终的契约中现身。

这颗心，纵然英勇刚烈，时而空空如也。

我试着擂动夜的鼙鼓，万物却不予回答。

沉默的海角，一只秃鹫，正为生者吐露死亡的谎言，且在一组赞美诗中吱嘎作响。

白兰地

今生辽阔，诗是生命之源留下的碎片。

夜幕降临时分，从容不迫，没有剩余的光明，我们为生存雕镂。

静默里，弥散的是星光的幽冷。

往昔于指缝间轻轻流走，边走，边吟，当我远远地望见。

一种不安的旋律，涌上心头，与素描里充满灵感的少女，重叠。

你温婉平静，不时俯视着曾经的旧痕，举着明亮的歌声召唤。

内心升腾出一艘壮丽的大船，雍容自若，载着崇高的气概，向前。

在回忆的怡园恣意穿行，冬天的酒吧里，燃烧着一杯白兰地的晕眩。

轮　回

这是行旅者的栖息之地。

凝望天空，仿佛有了归巢，有了一双迷恋黑暗的眼睛。

每次瞥见大海，在纵情歌唱的虚无里，随时可以触摸到的，是冲天大浪，和一滴女人的初乳。

用双手捂住溢出的诗句，谁人可以体味？

即使在温柔的背面，亦有被持续掠夺的痛楚。

我们听到的，只是一个人的悲喜。

比起久违的以物为证的行踪，唯有思想的置换，以及流淌着的快乐，才不会被死亡阻拦。

我愿沉陷其中，无声哭喊着，为微弱的声音插上翅膀，以温柔的方式投掷自己。

回　声

一棵百年古榕，被钢铁一样的法条切割，它累累的编年史，从早到晚，节奏分明，血脉偾张。

远走高飞的勺嘴鹬，没有欢呼喝彩，从敞开的天空向世界张望，缓慢地抖动翅膀，向着夕阳渐渐隐去的方向。

天空阴冷晦暗，穿过云层薄薄的明亮，依旧萦绕着卑微的过往。

此刻，命运拥有了某种归宿，流荡的湖泊河川，是我努力开垦的一条梦幻之河。

鸟儿扑楞楞离去，以畏怯的眼光凝望。

潮汐，是它永久的呼吸。

我的眼中，美妙之极，如一部囊括天地的诗篇，等待最后一次灵魂的叩问。

原载《意文》2024 年第 3 期

隐匿的橡皮擦 [三章]

流　泉

隐匿的橡皮擦

错乱的脚步，为一条松动的羁旅，填埋更多的石头，更多的风。

暧昧的笔画，宽宥所有的冲动。错别字连绵，夹杂岁月的天真。纯情，是不计后果的停靠站，是一个不安分的翘舌音。

严厉的目光中，我们隐匿了橡皮擦。拒绝在同一张课桌上，勾勒不可逾越的三八线。

一个错别字里，有一颗孤傲的少年心。

热衷试错，并试图以一个又一个的疑惑，去靠近某一种真相。

我们说不相信，事实也许就会呈现神奇的另一面。我们不会向任何一个错别字认错。我们有意隐瞒与一块橡皮擦的交集。

很显然，在今天看来，如此反叛，有些牵强，但生活已经给了很多教诲，我们再也没必要为生命中的青葱，去论及对与错。

许多东西，不是说擦去就能擦去的，比如青春，比如人性。

捕风者说

一双脚踩在泥沼中，鞋子在草地上若无其事。

一道虹彩，架设在天地间，雨水悬挂在苍穹上，迟迟不肯落下来。

不会再抱怨。我认同了衰老之际的宽容，我原谅一切的无动于衷，守住一片风里稍纵即逝的波澜。

一颗头颅深埋，脊梁一弯再弯。我仍会在一粒沙里去找寻最初的光。

懂得珍惜，是我辜负了太多的珍惜。那些看不见的，我喜欢但不热爱。我只爱：江河日下，落日悬垂。

有过与一只野兔相遇的经历。

我会把一对耳朵摘下来，给你，给四处漏风的红颜知己。

——"一场雪，静静地，下在空洞的河流里。"

从来不把自己比喻成一棵树

与树在一起。彼此拥有缓慢的呼吸。

但我不是树。细小的年轮中，一次走动约等于一次摧毁。我没有隐忍，没有树的直插云霄的坚贞与豪情。

树比人走得远。

很多时候，在村头或村尾，树是氤氲的风水。而我，只是漂泊的浪子。

苦难是一棵树。苦难中的倚靠，是另一棵树。

我愿意湮没在树的庞杂的阴影中，让像树一样的广大的虚空，有一片明亮的孤独。

铺满落叶的黄昏的小径上，我种下刀斧，种下石头，种下一颗未及淬炼的蒙昧之心。

星光是一棵树。星光下，仰望的人是另一棵树。而我从来不把自己比喻成一棵树。

一次又一次匍匐，只是一次又一次的靠近。在一种深邃的愧疚里，还有一种类似于生命的波涛，被唤醒——

"那根须与根须间的相互厮磨与缠绕……"

原载《散文诗》（人文综合版）2024 年第 4 期

母语、族人和其他 [外三章]

毛兴华

动车横穿夜的脊骨，并飞渡月光河，群山行走于我的耳畔，涛声沿河聚居。抵达之旅犹如等待一场大雪，洋洋洒洒地降临。

母语已经很久没有与我有联系。今天，它聚拢过来，就像儿时亲人们围着火塘。在这里，我的每个族人，都怀揣一条溪流，种植着阳光和山脉。

倾听月光短暂抒情，让梦缝补缺憾，我，回到故乡的怀抱，像一个失散的音符，回归悠扬牧歌的婉转。

置身故土，注定我这一生身轻如燕。

白灵秋雨

稻田泛着静静的涟漪。秋雨，总是在夜里淅淅沥沥地响起。

阴沉沉的雨云，酝酿过一个白昼，选择在一个万籁俱寂的夜，落下细密的雨点，点在石阶上、青瓦上。

雨声清脆悦耳，与其说雨滴砸在瓦上，倒不如说是瓦片敲打雨滴来得有趣。雨后，喝饱了的荞麦在悄悄拔高身子。

雨后，窗外的景致似湖中的倒影一般明净，远山绿得分明，近水透净如玉，山雾弥漫，同雨天相接。远处的白灵山顶，若隐若现。一句"空山新雨后，天气晚来秋"冒上心头，深觉合乎时宜。

雨往往能持续到次日的清晨。如此，不必理会明日的农忙，这样的雨夜，月光照着洁白的洋芋花，正适合清闲的酣眠。

秋意正浓，四下望去，处处是稀稀疏疏的木叶，偶尔会有熟透的果子从树上掉落，滚在草堆里。

朝花夕拾

脉园玫瑰、路边花茶，足球场谢幕的樱花。

你描摹晚夕，梦想成为画家。

记忆出现锈迹，需要刻画年轮的一草一木擦拭。

在民中路，与镌刻故事的面孔相逢。

你我不必相识。记忆的风车旋转，我记得：

我的心里有片天空之镜，那里有沙漠和骆驼。

除 夕

大雾弥漫群山，隐匿的阳光，为降下一场大雪营造气氛。

慢坡子还没有雨云，但路边野梅已经雪白。

含雪的气流吹断山脉，雪花遍满山坡，格姆神山出现神迹。

原载《散文诗》（上半月刊）2024 年第 6 期

醉花阴 ［组章］

王国华

千日红

汽车一掠而过。隔离带中的千日红，印在我脑子里，随着车轮继续往前走。

那么一大片千日红，可以盛下多少个灵魂啊！

相较其他花草，千日红体形更像人。筷子般粗细的茎，高可及膝，头顶一花朵，圆球状，鹌鹑蛋一般大小，手感有点硬，紫色居多，红色亦常见。看上去颇类儿童画中的"小人儿"。简单一个头颅，身子纤细，叶如四肢，风一吹，头动手动脚也动。隔离带中那一片，就像成千上万的"小人国"中人，整齐排列在一起，是在集体等待什么，还是开大会呢？

千日红的花，干后不凋，经久不变，故名。

传说中，神人李玄本为翩翩少年，一日灵魂出窍，叮嘱徒弟看好自己的尸首，七天后返回。最后一天，徒弟有急事离开，尸体遭火化。李玄的魂灵四处游荡，见一乞丐横尸路边，只好投身而入，聊以寄托。此为后来人们见到的铁拐李形象。

千日红比铁拐李可好看多了。不肯凋零的它们，应该是在等待孤魂野鬼。

我也要留个遗嘱，让亲人在客厅里种一株千日红，等我。

火炬花

第一眼，就觉得火炬花酷似某种物体。想起来了，盥洗室里常用的刷子。一只只细长条形的花蕾，组成一个圆柱形的毛刷，顶在长柄上。触碰一下，果真有塑料一样的手感。太阳当空照，炙热。几位本地老年妇女，裹着头巾，手持一个小铁铲，蹲在那里栽种花草。见我拍照，用蹩脚普通话说，很漂亮吧！很漂亮吧！

半红半黄，一株挨着一株。远处的白云正一团一团向这边跑来，一时半会儿还到不了跟前。我真担心走近了被火炬花点燃。云彩是易燃物。

火炬花极扎眼，却不宜栽种于正中间。那些绿围绕着它，不太服气，似乎吃亏了。而它看上去气场也不够大，不足以压住周围的一切。

它只能林立在整片绿地的边缘，既好看，又没地位，像衣冠楚楚的门童。

红　掌

据说红掌只能看不能摸，一摸即死。莫非人的气息不适合它？那么，为何还要养它，在卧室里，在办公区里，在公园里。人来人往，岂不全是它的毒药。

应是出于对红掌的喜爱与呵护。幼时长辈不让摸这个不让摸那个，担心手下没轻没重，伤及对方，亦自伤。

红掌名"掌"，其实心形，略似椭圆。形容为蝴蝶，也说得过去。绿色的叶子中，某一片叛变为红色。细长、淡黄的蕊，宣示自己之不同。

毫无戒备的伸展，那是善意、示好、示弱的伸展，仿佛一只猫或小狗，躺下露出肚皮，尾巴摇来摇去。

它绝不会突然打你一巴掌。即使你摸了它。

红掌革质，若塑料做成。越看越像。手感更像。我相信最初它的心是软的。被周围的环境威压，露媚态、显怪态，天长日久，越来越假，真话都像假话，真花都像假花。

桢　桐

天快亮了，天快亮了。夜太长。一个人站在路上，撑住这无边的黑，想把它掀翻过去，露出背面的白。但它不是一只兽，没有正反面。它是混沌的一团雾，刀剑只能刺破一个小口子，很快就愈合在一起。黑，喘着沉重的粗气。找不到发声的源头。宇宙间充斥着这若有若无的呼吸。

这样的夜晚，一生中只有一天便相当于一生如此。这一天会从头至尾覆盖你。你将从此见不到光亮。你的朋友们都在远方，他们有的躺在床上睡觉，有的背对着你，那么远，依然让你感到阴森。他们有的在树下写诗，有的在旷野唱歌，有的种庄稼，有的坐在板凳上乘凉。

天快亮了。你遇到一片赪桐。密密麻麻的叶子，大如人脸小如手掌，心形，叶脉清晰。茎长而直，高约两米，仰头才能看到。最顶上有赤红的花。曰花，却无瓣。一颗颗红豆大小的"灯笼"，由身量匹配的"灯笼杆"挑着，"灯笼"里还伸出细长的花蕊。几十个红豆组成一朵花。

你念叨着，天快亮了。其实什么时候亮，你心里没底。但你手上有了伙伴。摘下一簇赪桐，拎着它在夜里行走。白天鲜艳的它，可以当作灯笼使用。尽管它不圆滚滚，不烫手，也没有闪烁的光。但它的红，如血如残阳，艳得你心里一颤一颤的。

它适合站在高处，让高更高，让黑变软。

你拎着它，如同拎着自己的脚。双腿凌空蹈虚，像所有想留下印记的人一样，最后什么都没留下。灯光会随你一起消失。在遥远的很久以后，几百几千甚至上万年，任何人都看不到光。但他们从泥土里挖出一个琥珀，树脂中包裹着一个空虚的"红豆"，那是赪桐的一部分，你曾经将自己的哀伤与惊喜摩挲其上。

原载《牡丹》2024 年第 5 期

致米沃什《咖啡馆》[外二章]

鲁侠客

1

咖啡豆，在这里找到安身之处，我也是。

朦胧的身影，模糊的话语，渐渐变得黏稠的空气。

渐渐松弛下来的戒心。

一枚方块糖，或者一小袋白砂糖，对一杯冒着热气的咖啡，动了恻隐之心。

2

窗外不断有风吹过，有落叶在找栖身之处。

它们打着旋的样子，让一页页窗户犹疑。

透明的玻璃心，我一眼可以洞穿它们的菩萨心肠……

3

总有那么一刻，人声鼎沸。

总有那么一刻，空寂寥落。

一杯渐渐凉透的咖啡，它的焦糊味，也渐渐淡了下去。

杯子里的泡沫，在悄然崩塌。

一个"空乏其身"的词语，突然冒了出来。

像给快要消失的泡沫送行……

4

深色咖啡杯，深色碟子。

它们的默契，犹如一对天生双胞胎。

咖啡台上，不断有破壁机传来刺耳的打磨声。

咖啡豆，在欢唱，也许在哭泣。

谁知道，这种猜测是对，还是错。

对于苦涩的咖啡，糖和牛奶，都是最好的安慰剂。

5

卡布奇诺，拿铁，像两个知道谜底的谜语，每天裸泳。

摩天大楼下的咖啡屋，小似夜空下的星星。

暮色降临，它便闪耀，如一条河流，接纳支流。

像支流里的水声，在奔赴里，填补着大河的底气。

致博尔赫斯《镜子》

1

它空白，寂静，在寂静中折射真相。

但真相不说话。

真相，只是被光线认出后，轻微地颤抖了下，并继续保持与镜子的默契。

2

它用力驱赶灰尘，越用力驱赶，灰尘越是不知羞耻。

它们以攀附为荣。

对于这个光滑的隐喻，皇帝的新装。

人们还是啧啧称叹

——这古典优雅的镜子，还是那样剔透。

3

一幅画站立眼前，镜子原版复制。一阵花香，站立镜前。

镜子还是原版复制。

一个小偷，站立镜前，镜子本想闭眼。

但小偷，给它竖起一个大拇指。

它对大拇指，也原版复制。

4

水声，被月色照亮。

水声，也被镜子听见。

水声，从一部小说里，走了出来，一直流淌到镜子面前。

镜子努力回忆，努力想原版复制，但它无论如何，也复制不了水声。

5

一些光滑的事物，都有难言之隐。比如苹果表面，华丽中有藏不住的香气。

比如刀子表面，有令人退避三舍的逼人锋芒。

比如可爱的冰面下藏着的虎口。

而一面镜子的尴尬，就是从出生起，每天要面对化妆的脸面……

致阿赫玛托娃《晚夕的光开阔而金黄》

1

夕阳，是你的，是他的，更是我的。

是火柴盒里最后一根火柴。

对于它保留的火种，我们必须举手表决。

2

伸出你的十指，让我吻一下神的命门。

它在跌宕起伏叙事里，掀起波浪样胎动。

只有爱的妊娠，才配有如此欢歌。

3

我们走向峡谷，深渊，走向深渊里唯一渡口。

夕阳这面镜子，映照出古老的桨橹。

那些翻卷的波浪，一直擦拭我们骨子里的怯懦颤抖。

擦拭我们喉咙里流淌的甜言蜜语。

只有沿着失语的小路，我们才能找回旷野的童年。

4

湖水荡漾，别忽视有思想的涟漪。那些生动了千年的水草，穿越我，涤荡我。

我需要这些破壳而出的鞭子，抽打出肋骨上的回响

——那些细小、幽寂、隽永的往事，在故乡的日记簿上近乎干涸枯萎。

5

从掌心里走出，从鬓旁白发走出，从星辰的困倦里走出。

我说的是一朵小野菊的绽放。

它微小身躯里，总有夕光攀缘。

峭壁悬崖上，一只壁虎昂起头，悬空双臂，像朝觐的信徒。

6

一座桥，在伸展着臂膀。

从它困顿的表情里，我读出了筋疲力竭。

用脊背扛起无数双脚印，负重前行，太久远了。

你看它的桥墩，也力不从心。

此刻的夕阳，搬走了它背负的一切。

用金黄手指，用指间神秘偈语，安抚它苍老桥身。

7

我们走向湖水中央。

渔舟唱晚，晚霞烹煮一池安寂湖水，是该举杯同庆了。

饮一杯夕光，饮下芦苇丛里飞溅出的一滴滴热泪

——一只鸬鹚在它蜗居的巢穴里孵化出小鸬鹚。

它赤身裸体，天真得毫无畏惧。

原载《散文诗》（人文综合版）2024 年第 3 期

人物素描 ［组章］

陈宏宾

1. 屈原

他投奔的江，可以不朽，江水染上离骚的豪气。

他吃过的米肯定是带有思想的，哪怕煮熟成粽子也怀有一腔热情。

江已经开始沸腾，用奔跑提醒我们，把一枚艾草插在江边。

粽子自己醉了，一口铁锅想不起该给屈原说些什么话。

装满雄黄的香囊还没有缝合。取一杯汨罗的江水，喂饱一根生锈的铁针，穿透时光的缝隙。刺痛屈原冰冷麻木的神经。

我在五月收藏有关端午的故事，讲给江水里的每一条鱼听。

我不敢面对汨罗江水微笑，因为我手中的笔已经开始痛哭。

你求索的道路漫长而修远，远得我始终无法抵达，只有用一句句诗铺向通往汨罗江的路上。

一场盛大的水舞即将开幕。

去汨罗舞一场五月的江水，跨越千年对话屈原。

喊一声大夫，不要错过端午的酒。加二两雄黄，五钱朱砂好壮胆。

把楚辞摆进棋谱，边饮边下棋，困了，喝三杯雄黄酒，忘掉回家的路。

那条龙舟等待我去擂鼓呐喊。

该死的风竟然提前泄露我梦中的想法，依然去汨罗。

珍藏的五个粽子还带着我的体温，再温上一壶陈年菖蒲艾叶老酒，端午时节，我会准时站在汨罗江边。

大唱一曲《九歌》，让屈原静听。

2. 李白

用一杯酒的灵魂，豢养手中的笔。

拔出的剑刺破时间的伤感，在唐朝行走必须学会写诗，诗中还必须有酒的豪气。

仗剑行蜀道，西行何时还？

用剑气写一幅瘦金体的《将进酒》，剑走偏锋。我的舞只给庐山上的明月看。

登太行，上蜀道，放荡沉醉的目光。

踏上白帝城的彩云，在夜郎古城做一名快乐的神仙。

喝酒，写一首长短句，再短，也有惆怅也有情怀。

喊醒沉睡的星光，研磨一盘干净的浓墨，把心胸平铺在金陵凤凰台上，写出扶摇直上九万里的感慨。

年少太轻狂，长安梦已远。

人孤独，月孤独，别再劝我举杯，醉后无人陪。

剑气衰，青丝雪，金樽空，难觅丹丘生。

岑夫子的曲唤不醒五花马上的青锋剑。

风一更，雨一程，夜深长醉不愿醒。

世间无人懂吾意，仰天大笑，我辈岂是普通人。

诗之大者，我李白也。豪迈。奔放。清新。飘逸。浪漫。奇妙。惊风雨，泣鬼神。

我读李白，自己的目光太生硬，总也找不到西去长安的路。

端起一杯酒倒进李白的诗句里，呼唤唐朝的风等等我。

无沧海，也挂帆。

李白的浪漫情怀，放进唐朝的哪段时间都行。

3. 杜甫

"国破山河在，城春草木深。"我在课堂上读着这首诗，就想起了他。

他写的诗，可以不朽。

他用的笔可以气吞山河。

他的目光深邃，不愿为了那五斗米折腰。

长夜漫漫屋漏雨，常思广厦千万间，虽秋风破屋，只求大庇天下寒士俱欢颜。

在一个朝代待久了，他的诗感染了民声。三吏三别，写哀鸿遍野之视角，抒民不聊生之情怀。

真可谓"诗之大者，为国为民"。

他的诗是利器，可以刺破战火纷飞的狼烟。

他的诗是挚友，伴他在草堂听风雨。那一年秋风已经从茅屋上掠过，只给他留下一身正气。

他的诗是美酒，陪他白日放歌，喊上青春作伴还乡。

人穷诗为大，大得把天下苍生装进每一首诗句里，喊醒一盘墨，记下这大唐厚重的一笔历史。

诗是史，史也是诗，他就是"诗史"。

用爱国称呼他不过，用伟大称呼也行。中国古典诗歌中的圣人，他就是"诗圣"。

心系天下，心系黎民，用一支笔替历史呼喊。

长安欠他一个温暖的拥抱。

罢了罢了，乘东吴万里船，先去西岭看千秋雪，再去泰山望月，一览众山小。

累了，舟中长眠。

无风无雨无江湖，只做天地一沙鸥。

把诗篇放进历史的长河，源远流长。

4. 岳飞

一曲《满江红》，折戟沉沙，冷落了日月。

你注定写下历史书中的厚重一笔，民族英雄。

九万里风鹏正举，功名三十岁月白。

马蹄声中有剑气，只待我收复这旧山河，面见江东父老乡亲。

喊上岳家军兄弟，交与春风布阵，肩扛父老乡亲的目光，手握长枪，把一身豪气杀进金龙绞尾阵，仰天长啸，拿命来。

一腔血洒贺兰山，只可叹无法饥餐胡虏肉。

且记下这一刀刀的遗憾，直捣黄龙府，与诸君痛饮耳。

千军万马中脱缰而出的一杆大旗，是我岳武穆统领三军的号令。

撼泰山易，撼岳家军难。

站在贺兰山坡上，拍一拍胸膛，就着北风饮进一杯精忠报国。

摇旗呐喊，杀呀，儿郎们。

剑出鞘，马嘶鸣，用金兵的血喂饱我岳家军的长枪。

雪洗靖康耻，扬我大宋国威。

还我河山来。

5. 辛弃疾

辛弃疾的骨头上始终刻着一种信念，收复中原。

打马的卢飞奔疆场，剑气点兵。

多少个日夜只想了却君王天下事，只叹白发生。做不成英雄，下辈子一定做一把锋利的剑。

醉里挑灯写下出兵中原的请战书。

梦回连营挥剑直刺金主完颜。

我的山高，不允许金人践踏。

我的水美，不想让外族的铁蹄玷污。

关山明月照亮北方洁白的雪，只可叹宋城已不再姓宋。

万里长城用站立的骨气书写一首孤独的诗篇，北风带着战场上的狼烟飘进军营。

夜深看剑，剑映白发生。

空有一身报国志，宁死血染疆场情。

泪如雨，成王败寇，可叹一夜鱼龙舞。

只想单枪匹马闯敌营，杀他个白雪飘飘，把一根瘦骨插进北中原辽阔的泥土。

这里曾经是我的家园。

我的黎民在哭泣，我的百姓在流离，我的诗句唤不醒江南沉睡的暖风。临安何时醒？

诗之大者，为国为民。

于国家，冲锋陷阵，立志只做英雄；于诗词，浮白载笔，写一腔爱国豪情。可叹一生戎马难圆英雄梦。

用满腔热血写出三个字。

辛弃疾。

原载《中原散文诗》2023 年下半年刊

悬崖上的抢修 [四章]

姚 瑶

追逐五彩云朵

天空高远，群山辽阔。在群山之间，我仰视向远处延伸的输电线路，我仿佛看见电流在穿梭。

犹如出海的苍莽巨龙，它在努力地蜿蜒而去，展现生命的亮色。它在追逐五彩的云朵，最美的风景在云朵之上，在遥远的天边。

大地苍茫，群山静默。骑在输电导线上检修的电工，仿佛踩在云朵之上。他手打凉棚望向远方，内心涌起无限的激情。此刻，最美的风景在眼底，一条河流绕着连绵的群山，蜿蜒东去。

一声闷雷炸响，他端坐在导线之上，在雷声里思考良久。他不会关注雷来自何方，消失于何处。我知道倾盆而至的暴雨，一定冲不走他内心的忧愁。偶尔划破长空的闪电在提醒我，我是那个要把雷声和电工写进诗里的人。

雨过天晴，他的身下又是五彩的云朵。一匹美丽的彩虹挂在眼前，给这个午后增添了无限诗意。骑在导线上的电工早已习惯了日复一日的常态，他并没有感觉特别。

阳光下的导线无限延伸，仿佛镀上了银子。理想在诗人眼里被无限放大，骑在导线上检修的电工，在我的笔下，被放大若干倍，成了追逐五彩云朵的巨人。

悬崖上的抢修

他悬于五百米深谷上空，这是他第一次在悬崖上参与抢修复电。他回忆这段往事，至今心里还是满满激动。

他小心翼翼，借助安全带，他斜着身子在撤除被雪凝压垮的铁塔构件。他握在手上的扳手撞击在铁塔上，发出金属的声响，他知道凝冻的冰块也成了金属的坚硬，唯有一遍又一遍地撞击，才能敲出暖来。2008年的春天，在祖国的南方，他遇到史上最强的冷。

他不断敲打铁塔，飞溅的冰花纷纷而下。握捶的手近乎麻木，他的工作服绷得太紧了，他试图换下左手，紧握的绝缘手套死死凝在铁塔上，他费了好大的劲才把冻僵的手抽出手套。我在悬崖边上拍照，我明显感觉到他嘴里骂出一句脏话。

天底之下一片白茫茫。他头发霜白，眉毛已结冰。我知道他除了一颗心是热的外，其他部位已麻凉。

他在接近45°倾斜面上抢修，弓着身子小心翼翼爬行。这绝不是一件诗意的事，这也绝不是一场表演的艺术。我握在手里的相机已经颤抖，我担心笨拙的铁件和他一起，一不小心就堕落到深谷。

事实上，对光明和温暖的怀想，此刻演绎成一种形而上的行为艺术。

悬崖边上，红旗猎猎。后勤保障的队伍送来热乎的饭菜，他们在雪地里升起一缕炊烟。悬崖深谷、冰天雪地、人间烟火，这些充满诗意的词句，纷纷进入我的诗里。这些令人怦然心动的汉字，瞬间耸立起来，高过我仰视的目光。此刻，红旗飘扬和抢修的剪影，构成一帧最美照片。

百米高空

云朵之上，一座铁塔无限接近阳光。我仰望的眼睛似乎不重要，重要的是此刻我得爬到最高处。我得在最高处，找到一个闪亮的词语来定位海拔的高度。

铁塔有多高，天空就有多辽阔。

大风吹过，角钢与角钢的碰撞发出持久的金属回音。这种迷人的回声缓慢地进入我的身体，在这旷野里，演绎最动听的乐章。

电工在百米高空，怀揣光明和温暖，他们站立的高度就是绝对的海拔高度。那一刻，抢修的场景成了摄影师的焦点。

吆喝声声，他们劳动的号子响彻山谷，山谷回声一阵接一阵。深谷的蛙鸣声声在回荡，谁也不知道这些声音将消失何处。

他们浸透工作服的汗水和雨水，哪一样盐分更多一点？我不得而知，我在风干的工作服里看到了晶透的盐粒。无数盐粒纷纷而下。

他们要在黄昏来临之前，把最后一档导线架好，为这个小村庄送去光明。他们加油呐喊，他们的声音淹没了深谷阵阵的蛙鸣。

百米高空，我看见星辰越来越近，仿佛触手可及。

命运被一条条导线牵引

导线弧垂，身体向下。

命运，被一条条导线牵引，我是最重那一段，随风轻摇慢摆。

有时，我像一条条导线在旷野独自行走，走着走着就走进了光里。

有时，我像一盏盏灯火在黑夜独自闪烁，最后消隐于茫茫黑夜。

一道闪电击中我，一枚瑰丽的词语划破天空，自带光芒。

有时我想，能够在尘世间捧着火种走进黑夜的人，肯定有坚硬的骨骼和柔软的内心。我用金属般的梦想，步步为营，完成点亮这个不朽的动作。

行走在大山、旷野，我看见导线的孤独与沉默。有时我想：重，不是轻易就能写下的汉字，代表着一种力量，代表着加速度的下坠，像被导线牵引的命运。

在孤独与沉默中，激情燃烧的火焰如一枚枚尖锐的汉字，正一点一点嵌入我生命深处。

无限靠近暖，燃烧和沸腾是巨大的。诸如你的信念自木中来，你把"钻木取火"成语书写了千万遍，已经写得炉火纯青，只是为了让世界变得更暖。

火焰的价值，来自冷到极致的渴望。每一条导线都是通红的火焰，保持着持久的炽热。一条一条的导线在黑夜里闪光，它们互相取暖互相慰藉。火焰从我身体穿过，我的每一根骨骼都变成了通红。

火焰燃烧的声音，像生命在淬火。在高处，我看见了低于俗世的生活，电工张扬个性，把内心的火种闪出了电光。

原载《星星·散文诗》2024年第7期

寻找挂着钥匙的影子 [外一章]

肖　笛

绿皮火车抵达车站。我孤身一人，发现自己的影子，已经丢失。系着红绳的钥匙，挂在影子胸前，呼喊他的乳名。

把头像粘贴墙壁，电线杆，广告栏……询问是否看见身穿黑衣，背着黑色行囊的人。

小酒馆微弱的灯火，拉长黑夜，我独自等待，四十多年了，影子该是怎样的模样。一只黑猫纵身一跃，以至于我产生错觉。

这么多年，影子哪里借宿？也许一呼百诺。

我要找到他，用钥匙打开一扇门，领回烘热的体内。

偶　遇

与你晨光中相遇。一路上，我们谈论黑夜，有时陷入沉默，在夜的剖面留下伤口。

一阵风穿行另一阵风里，阳光堆积鸟鸣之上。我们的喧闹，浑浊了清风、阳光、鸟鸣。在未知的，透明的事物里留下影子。

看见你对着澄清的河水，无数次和白鹭练习飞翔，已经遍体鳞伤，似乎要挣脱我的羁绊。

　　夏日的正午，我开始抽出筋骨，与你互换位置，让你从紧贴的土地起身，背负阳光，在尘世留下痕迹。

原载《散文诗》（上半月刊）2024 年第 1 期

辑 四

大地帖 [组章]

南 苠

秋收记

伤疤撕裂，耕种的土地，在秋天又一次被缝合。

铁锨与锄头的用法，没有技巧。

挥动的臂膀，时高时低，一亩要走几行，都有规矩。

庄稼的种与果，在一个人的手上，不做挣扎，不作更改。

蚂蚁，翻过土蛋，寻找从前的痕迹。

很多脚印，深深浅浅，留在时光执笔的深处，根深蒂固。

丰收的路途，欢笑再一次随风播撒。

由近及远，由低到高，在村庄之外，在屋顶之上。

耕种的晚霞

在玉米地的西边，种一片晚霞，与抽出的须一个颜色。

没有路，通向那里。

借助农具，借用野草的一生，将迟暮的真相，像重提的旧事一般挂在天上。

伛偻的庄稼人，站在玉米地垄上，最后一次守望。

如此，在晚霞的演绎下，眼前的阡陌，似乎更为漫长。

秋天没有推迟，那些未完成的笔画，跟着风的姿态，穿过土地，穿过天空。

在空旷的人间，章法有度。

葡萄架下

世上有多少人，就有多少村庄。

葡萄架下，是比村庄更小的一个村庄。

蛐蛐儿的鸣唱，如此悦耳，它的音浪却永远走不出村庄，抵达不了远方。

乡愁，就这样被困在夜晚，夜阑人静，月光如水。

残存的墙体，斑驳如旧，阻挡着太多难以安放的词语。

在词语连接的尽头，是时常赶不回去的故乡。

路的长，一段又一段，曲曲折折，铺向秋天，铺向时光的终点。

摘一串葡萄，在不同的时辰。

如此，才不怕旷远的村庄，在一瞬之间，消失不见。

在深夜修补灯火

还有几盏灯亮着？

秋风不语，在月光下，涟漪撑过湖面，四散奔逃，向岸而去。

夜不能寐的人，依靠醇酿，在人烟深处书写过往。

喜与乐，爱与愁，在昏暗的灯火里，一次次被倒出，举起又咽下。

为那些流淌的思念，在窗棂的左边，留一道缝隙，长相思。

在深夜到来之后，态度诚恳，以白昼为伏笔，换一组恰当的新词，修补灯火。

路上，落满了月，屋子，照亮了灯。

月在没有灯的大地，灯在没有月的故乡。

原载《星星·散文诗》2024 年第 1 期

W先生的乡间遗札 [组章]

舒 航

磨 坊

木门紧闭，两只巨大的石盘在月光下连在一起，长长的木辕垂挂在阴暗里。四季的尘埃已使我黯然神伤。

窗户是唯一的眼睛，它透露的肺腑之言也失散了昔日的光华。门缝，砖缝，还有屋顶的许多小洞使破败的磨坊若明若暗，仿佛被谁捅破的窟窿，让我想起窥视，伤害和破坏的陈旧岁月，而磨坊只有沉默，使我的整个回忆更加阴森森的。

石盘曾经转动，木辕也曾经发出吱吱嘎嘎的声音。所有的故事都曾在汹涌的年代里流向我的乡村，而后返回城里，宛如石盘上留下的一辙辙的印痕。

故事的细节已并不重要，被敬若神明的磨坊也已卸下重轭，像油画中的静物，躺在乡村的寂寥里。整个乡间的记忆里，现在也只剩下母亲时常唠叨着一句话了："什么时候，再去瞧瞧。"只有这个时候，我才会停下手中正在进行的事情，朝母亲一凝神，然后若有所思又似心不在焉地回应她一句："是的，什么时候，再去瞧瞧。"

冬 天

开阔的视野里，干净的枝条为天空腾出了最后一批树叶，河流结着冰，大雪覆盖着田野，劳动者蜷缩在被窝里，鱼群在冰层之下无所事事。只有笨拙的风还在以往昔的热情，挨家挨户地敲着门窗。

只有鸟的飞翔。街上稀少的行人，也只有最简洁的对话。或者干脆沉默不语，匆匆而过。

冬天的喊叫没有来自山谷的回应。在冬天的静穆里，没有仲夏夜的不安分的玫瑰之梦。

鸭　子

我要让这群鸭子到水中去。

它们出现在河岸上，像鸡一样在杂草间觅食。

它们的羽毛没有光泽，它们笨重地磨蹭，让我想起冬天森林被人砍伐后留下的一茬又一茬树根。面对河水，它们宛如静心养气的人面对一堵墙壁。

它们最终会成为灰鼠的！在洞中厮守着自己的粮食。

在漫长的黑夜里，鸭子们早已睡去。

河水清亮，映现着星光。水底有长眠的先人，水中有鱼鲜游动，水面有船只过往。我感到河水波动，感到无名无姓的精灵在黑暗中舞蹈。

猫的温柔，狗的机警，鸡的鸣叫，都让我感到夜的生机。而我的鸭子熟睡在岸上。

趁着漆黑，我拿起一根竹竿，我要把它们赶下水去。鸭子惊恐的嘎嘎声，忙乱的脚步声，让我心碎。但我知道，事情已经改变了。

手　镯

没有歌声。我在春天大面积的绿色中被剥夺了舞蹈的权利。被你的无言打动，整个季节天空的所作所为在河流上停留。

这是我来自上一个寒冷季节的渴望，由我创造的神话，在沉默中寻找家园。你柔软的手腕上的金手镯，使你发光。只要你晃动一下，光芒这两个字眼就会改变我的习惯，一个永恒的动作朝向你。

我齐喜的手指在河水中洗净，捡拾被风吹落的枯枝残叶，让它们在乡村的炊烟里升华，越过它们原有的生命的高度。

金手镯，一种光泽和硬度，再一次呈现了你的青春。

但同时，它是一种物质，也永远禁锢了所有的青春。

原载《星星·散文诗》2023 年第 12 期

白色系 [六章]

徐金秋

那一片苞茅花

历经几代人才通的，一条山路，弯弯曲曲。车子不紧不慢。满山的苞茅花，举着七月的旗帜，风一吹，它们就摇摆，浩荡。

曾是接济山民，一点生活来源的苞茅花，每逢火热七月，白花花的，伴随满院月光，应该还有夜空湿漉漉的希冀。因凌晨，它们将要成为一把一把，卖到远方的扫帚。多像因贫而偷赶晨星出走的少妇！

大片大片的，风继续吹，它们继续摇摆，浩荡，闪烁白，未等秋霜就白，恍如一夜间白了头的白。

分明是未老先衰，或已故的山民啊！

车子只管前进，驶向新时代幸福的村子。

没人注意那抛向身后大片大片，白花花的，像一场祭奠贫穷时光，盛大的葬礼。

晨 霜

大地，终于有了一次深呼吸。

这不冷不热的，总要让冬有点存在感吧。不需大张旗鼓，不需告诉任何人。不声不响地一头扎进夜的深，然后寻着光亮的方向，渐渐打开，浅浅说出。深入浅出比高深莫测要恰如其分。

能想象得出那一刻不邂而遇吗？是欢欣惊诧，还是激动颤抖？

经得起一场寒霜的，通常一觉醒来，就是大好晴天。

和风软语的世故，被言辞犀利的好事者冷不丁地惊醒。在一个不需任何修饰的冬晨，通常以一棵庄稼的身份，贴近土地，放低自己，感觉到人间最真实的烟火，迎着一股清新的空气。

那习惯低到尘埃的，一定是披着一层干净的袈裟，打坐，冥想。

夜的神秘者，一袭长风，剑的寒光出鞘，即将退出黑的江湖，隐姓埋名。

有谁静下心来，与星星一夜达旦交谈，将那些最精辟、最闪亮的深记于心。我突然想到那些卑微细小的事物。

多少年没见过一场大雪了，好像都追随多难的爷爷一起去了，只留下白白的淡淡的记忆。那些年的夜，通常听到他一阵阵咳嗽声，天亮的时候，大地一片寒霜。

月亮找到我

小时候，我看月亮，月亮走，我也走。

如今，月亮看我，我走，月亮也走。

若不是某个凌晨，认真抬头，不会知道，那是从乡村看过来的眼睛。不会知道，她有多孤独。

她走得太久了，总是一个人，从黑里爬出来。

四野无边，时光浩瀚。

那眼睛太熟悉，总是睁着，在清晨，赶着最早的一滴露水。又在天色向晚，望着最后一片落霞。

若不是某个夜晚，深情凝望，不会知道，这是大地上所有事物，共同的母亲。不会知道，这人间的爱，有多光亮。

在无边的夜，那么多悄悄绽放的花朵，那么多安静的树木，都是她的。

在无边的夜，她不仅找到我，还会找到更多，属于她的儿女。

白色小花

我不知它的名字，就像它不知我的名字。这个世上，平凡、渺小、无名的总是太多。

它很安静，很自然地，开在广场路边的某一角。高大蓬勃的枝干上，白色小花朵，零星点点。它的开放，并未引来目光和驻足。它的开只是自己的开。自然也少了牵强和过多的折伤。

我在想，这白也是来自它内心的，为什么无人关注到它的白，如果是开出一种大红大紫呢，情景会不会不一样？

我又在想，白是一种心性，大红大紫也是一种心性，它们都是来自大自然的一部分。一棵植物使出最大的能量，尽其所有，燃尽的表达，并无关于人类的喜好，多好！

大红大紫要开，白的并不因没观众，而停止开，而它们又接受同等风雨。不管老天怎样，这不折不扣的开和完美，是人类抵达不了的，我们又何以厚此薄彼？况且，那安静的白，孤独的白，多像月亮的灵魂浸染过。

城市片断

白鞋子、白纱裙、白羊绒风衣，拎着白羽毛一样的天使，奔跑，奔跑……

跑过一小寸一小寸金莲，跑过一根一根玉石白栏杆，跑过时间紧逼过来的一分一秒，跑过空旷上空轻飘下来的白云，却跑不过那庞然大物冷冰冰喷射过来的水枪！

"水枪，水枪……"

一切都来不及了。喊救命，无人听；后悔，无可救药。她紧紧抱住那一团天使的白，在一座桥的始和终之间，进退两难。一箭之地已成咫尺天涯。那一刻哪也回不去。桥下是匆匆的河流，她多想一跃而起，扎进一朵洁白的浪花。

一秒，两秒……履行公律式的庞然大物——洒水车，从来都是人让它，它才不会让人。每一次到来，街道，只见一阵慌乱的躲让，或是猝不及防的惊跳。

谁在看她的笑话？

想当年，雨过初晴，树含情，花含笑，到处都是好心情。尽管马路坑坑洼洼，积满贫穷落后的雨水。那个如花般的十七岁，她和其他姑娘一样，即便一个人娴静地走在大街上，也遮掩不住时间赋予的好年华，遮掩不住一路回过头来艳羡的目光。

她只顾往前走。一辆小轿车"嗖"的一声溅起积水，滑过几米远后戛然而止，按一声喇叭，将头探出窗外，向她露个坏笑的鬼脸后，一溜烟跑远了。

留下那被提起的白色连衣裙，嘟起的红唇和紧锁的眉头，对着一洼无辜的积水，发愁、责怨、低语、含羞，她不敢抬头看人。

十年，十五年，那年溅起的污水，坏笑和尴尬，依然还在。其实就是无聊之徒的一次恶作剧，他本可避开积水。

此庞然大物不是，真的不是，它只是例行公事，但会比那年的小轿车来得凶猛，与人为无关。她心痛这从里至外的白，一生都珍爱的白，如同内心不许有丁点污渍的白。这该死的桥！不该走到的死角！千不该万不该的遇见！她诅咒。

眼看庞然大物逼近，突然收起一侧水枪，仿佛时间突然静止，地球突然停止转动。一切安然无恙。

庞然大物已去。空空的桥面，洁白的天使。这史无前例的谦让，真是给人一个破天荒的美好！又何不是文明城市，一次礼让的赞歌！

雪白的雪

在天上，是不叫雪的。你也想不出它的样子。云有时是乌的，霞也会变幻无常。如此白，你怎能想得出。

落在地上就是地的，落在水上就是水的，落在山上就是山的，落在叶上就是叶的，落在人上，不一定是人的。

既然如此，就更要努力，开出白的花。

从古开到今，从头年十月，开到次年的三月。

从白天开到夜晚，从一个女人开到，另一个女人，就像她初来世上。

总之，开成所有人想要的样子，大地就全白了。

原载《淮风》2023 年 12 月

拜谒望丛祠 [组章]

粟辉龙

1

我只是时间与生活的敬畏者，赞美之歌在这里焕发出圣洁的光芒，当岁月经过慈爱、悲悯、追忆等情感的峰峦，我看见阳光的碎金，挂在比历史更高的房檐之上，饱经沧海桑田，依然璀璨夺目。

观光的人，寻访的人，怀旧的人，霎时潮水一般退去了，只有我还留了下来，无论它的过往、当下，以及未来，都值得我长久地阅读与拥抱，肃穆而辽阔，一种灵与肉的救赎或认领。

心怀感恩之人，乐此不疲，在几经修缮的望丛祠，用不标准的普通话请来一簇簇杜鹃，声声子规啼和风调雨顺五谷丰登。说到蜀人先贤望丛两位帝王时，如介绍自己的亲人一般，脸上洋溢的喜悦，也像一个自豪的母亲，在众人面前夸耀自己天下最优秀的孩子。

2

一山不容二虎，而小小的望丛祠，却可以一祠祭二主！

要多辽阔的爱和厚重的祥和，才能让两位帝王，神圣的尊使，过滤千载风打万般雨劫，守住各自狂放不羁的心，任岁月沧桑，如金刚伫立，犹如当年望帝教民务农，丛帝率人治水，各司其职，还是那么和谐。

此生的珍藏是夕照的逶迤，也是望丛祠的锦缎。时光的步子再慢一些好不好呢，如果再慢一点，就可以离过往的历史再近一些，让所有仰望的头颅，便于诵读望帝与丛帝，获取宁静的力量和幸福的蜜汁。

天边的夕阳，美得迷人，在望丛祠的红墙面前，略逊一筹。望丛祠的红墙，端举大地厚重的宁静，舒展着蜀地强悍而华美的生殖力，月光高过万家灯火，乡愁在怀乡的乐谱上，一路涨高。

红墙与豆瓣，颜色相得益彰，望丛祠就是一颗上好的蚕豆，望帝与丛帝就像合抱着的两片豆瓣，被二荆条热情的良善之爱包围着，或痛，或恨，心底最柔软的部分，努力交出命中的墨汁。陵墓园、纪念馆、鳖灵湖、赛歌台、子规园、听鹃楼……交错分布，见证或守护望帝与丛帝的苦难遗址，在盆地的腹部，找到了宿命，找到了故乡，时间的诗篇为生活酿制了，一坛坛陈年的豆瓣酱。

从此，让川菜颜色艳丽，香飘四溢！

3

在故乡，那些陪鸟唱过歌的小树，都已长大了。

祠里的杜鹃，低矮的灌丛，把高举的手臂放下，只为积蓄更多的力量，帮助根茎深入泥土，清洗内心的空，就这样一直站着，持守心种鹃花的随喜之缘，在望丛祠的庇护下，感恩千年的苍翠与挺拔。

唯有柏树上的子规鸟，叫得悲悯而固执，把夜晚的每一团黑，一丝丝啄破，然后换上带血的黎明。

清明之后，雨水便忙碌起来。

喜鹊和燕子在田野间吟唱春风，布谷鸟催种子出嫁的朴素勤奋，让我想到远在故乡的母亲，开始掰算指头，回忆种下的庄稼……她生怕漏了什么，过了季节，泥土就以沉默的方式，拒绝发言，只会长出蝼蚁和荒草。

五月民乐的蛙鼓，九月蟋蟀的弦琴，炊烟一样安静的月光。在母亲心底，再好的诗，也好不过坡地上，那一株株挺拔望远的玉米或向日葵。

为了缅怀望帝，也为了永世的栽种，我学会了在远离故乡的一页纸上，反复练习劳作与耕种，春种秋收，收割一粒粒汉字和一亩三分地的空。

杜鹃声声，啼破了苍茫大地的沉寂，在人间唤起了凌越时空的悲悯关怀。如梦，如幻，如一生二，二生三，三生万物。

4

倾泻而来，光的山洪，焰的泥石流，再桀骜不驯的水，在丛帝面前都会产生顺从之美。治水，郡守李冰也是丛帝的模仿者！

那些被驯服的水，心怀感恩，在望丛祠鳖灵湖中洗心革面，献出虔诚的体温，像翅膀回到天空，做了那无怨无悔池中水。

我坐在椅子上看鳖灵湖的水，发现以前丢失的很多事物都在水里。微风轻拂，莲叶田田，翠绿在湖里摇曳。

再年轻的字，再干净的词，世间的翡翠或钻石，在鳖灵湖的莲叶前，都会怀疑和检讨自己理想的颜色。

如一尾往生之鱼，嬉戏于莲叶东，莲叶西，莲叶南，莲叶北，摘一朵莲花的铜号吹奏一生梵唱的经卷。荷花捧着的一粒莲子，像极了身披战袍威武的丛帝。

赛歌台的歌声，此起彼伏，翻过涟漪的沧海与桑田，变成了丛帝凿山治水的号子，喊声不断，四处散漫，让历史振聋发聩。

水患平息，临水而居，成都平原正一点点堆积而成，向着天府之国迈进！

5

重五之期，我们的端午。楚地祭屈原，岷阳朝杜主。

在五谷丰登的二十四节气里，在三百六十五条传唱千年的民谣里，生生不息的播种、生育和成熟，生生不息的时间、阳光和幸福，养育了生生不息的我们。

置身望丛祠，敬畏油然而生，而我所有的言辞与赞美都无从说起。现在唯一能告诉你，今天望丛祠的安详宁静，是经历了岁月的波澜。

当我走出望丛祠，远眺郫都，身后是整个成都平原，雪山之下的公园城市，烟火里的幸福成都，正被阳光速写成天府之国肃穆而辽阔的时代背景。

原载《星星·散文诗》2023 年第 11 期

举高圆滚滚的日子 [组章]

江 汉

悬 浮

我每天的工作，就是反复地搬运自己。

用很细的笔尖、很白的纸张，在办公桌上穿针、走线。上午可能在 32 楼，下午或许是 26 楼。

而我最确凿的位置，还是 28 楼。作为安身立命之地，这个位置是固定的。

头上是天棚，身边书桌上坐着一杯牛奶。我拉花的细节，延长了时间的可能性，留给我足够的想象，展开一切的能指、所指。

热气，把圆滚滚的日子擦亮。我离天空、大气层、银河，很远，甚至离草丛、花园，也不算近。如果蹀行，一步一步，至少也得走下 560 级楼梯。

不能往东、往西，不能往南、往北。28 楼之上、之下，还是楼层。

一层楼撑起一层楼，一层楼压迫一层楼，挤满我的四周。我像一块块砖石，整齐地排列、行走、转动，反复地呈现，反复地消逝。

无论我愿意不愿意，天还是黑了下来。

这样想着，一个下午加上黄昏，我都在仰望天空，或俯视大地、人群。

双脚悬空，整颗心儿就已浮在了半空。

俯 视

透过高高的龙门架窗口，你可以看到，几幅宽银幕远景特写——

夯实的热风、黄沙、钢筋、水泥，飞跑的手推车，星星做成的晚餐，挖掘的基坑，浇灌的混凝土，已把福利房从城区连向城郊，遮掩大地裸露的空旷。

用人工手法，给荒地打结，缝上纽扣，听到搅拌机轰响劳动的号子，那些锹呀镐的，就伸长了我们劳动的手和脚。

疲乏袭击时，我们就坐实几块红砖，不再俯视生活底层和一路的簸行，抬头就能相邀脚手架上的日轮和月影，刷新上升的楼盘。

这里，你会再次看到一些近景特写——

山脊太高，荒路太远。我们，删繁就简。

扯上千丈阳光，做外墙；裁剪百尺月色，盖房顶。

汗 水

骄阳下，我又在无可奈何地流汗。

楼顶下面的城市，也在流汗。人们走进银行、商场、集贸市场，走进装有中央空调的办公楼，出账，进账，也没有一个不流汗的。

汗汁，十分准确地射入尘世的口袋。

升降机"咣吃、咣吃"响着，上升，下降。不断重复的过程，不能说它没有意义。楼盘一日日高大起来，应该说与我的汗水有着紧密的关联。

我看着这座在建的大楼，鼻子、嘴巴、眼睛、眉毛挂着汗水。我伸出手，企图掌控一条春天的来路。

打碎一点什么，又修补一点什么，让天空干净、大地肥沃。

拼拼补补的时候，想不出诗的句子，我只知道，我就是一根钢筋，正在穿越这座城市中汗水沸腾的海洋。

炉火正红

铁水开花，就红。工人也红，像桃花，红在春天里。

我踩着红，把心里的黑逼出来。身体里有跌宕的山水，轻快地滑行。

它们，扶住我单薄的身子。喂养淬火的刚性、透亮的鸣唱，随时，我都能听出体内叽叽喳喳的心情。有十二种清香，正在炉台的四周一一浮动。

热风，不停地吹过火红的年代。我看见红红的铁水在沸腾，然后涨涨、落落，最终被扭曲、变形，被同化、驯服。

我像一块深入炉膛的矿石，提炼锐度和钝性，最终成为一块好钢。而我灼灼的目光，天天舒展炉火的红——

并且向着日升，运行。

热轧钢坯

秋草混迹秋天的时候，钢铁已那么多。

钢铁，蛰居在车间里，过自己的日子。拨亮灯盏，轧机吐出钢锭，总在探测死而复生的秘密。

像一碗水，消融一滴墨汁。一种坚硬，在飘满粉尘、铁屑和红光的地方，戳破轧制的真相，向钢厂呈现饱满的骨骼。

新的一天重新排列、锐化。那些细碎的铁屑在飞舞。

成型的钢坯，向着迎面驶来的鱼雷车，手舞，足蹈。

它是要把钢铁的春天喊出来。

在语气与停顿之间，我看见嘶鸣的马匹，越驰越远。

冶炼钢铁

炉火咬着炉火，水汽蒸着水汽。

虚拟的黑与白，替代了热风与红浪。没有哪种奔跑，能回到熔炉的温暖。我麋鹿一样逃遁，甚至混淆了黎明和黄昏。

火花，尽收眼底，容纳锈蚀的矿藏。

我身着蓝色的工装，心中落着雪，就像一粒豢养的火种，校正时间的出口，只等吹氧一到，就让矿石找到合适的位置。

我发烧的心律，是飞行的箭镞。滑翔的风里，藏着风、火、雷、电。

风火，雷电，吹热钢铁浮躁的身形，吹出骨头的脆响，并把水舒展成铁，长成它们想要的样子。

嗯，天天向上的那种！

天车女工

天车横在头顶，晃来荡去。

吊起铁件，就像石头开花。

然后是更多的石头，聚在一起，结成果实，然后裹着阳光，镀亮我们心中的阴影。

一个女工，爬上天车。身姿丰美，臀部的弧线也非常优雅，就像秋天，两瓣熟透了的花叶。那是铁件与钢花的撞击吗？

她纤纤的十指，推动行车运行。

当她脱下工装，穿上婚纱，一定是我前世最美的新娘。

天车下面，舞动铁砧，拿起焊枪。我们的双手深入、浅出。

生动的面庞，在机器中浮现。我们只把那些精良的铁器，当成待嫁的新娘。或者看成，那个正在启动行车的女工。

喧声嚷嚷，热浪滚滚。

在爆火的声响里，金属的气息滚滚而来。我们的工厂开始发达、兴旺。

铁质的生活，最终也把天车女工，打磨成为一块钢铁。

一块凝重的、柔和的、坚硬的、温暖的、精制的钢铁！

原载《星星·散文诗》2023年第10期

白鹭行吟品清湖 [组章]

钟志红

风：雕镂或赎回昨夜的记忆

一夜的雨，停止兵荒马乱的喘息。

南鹞北鸢。准点晨读的白鹭，撕开品清湖的薄霭，稀释一窗薄凉：浅滩上，听到集合号令的精灵们，有组织、守纪律地踩着"一二一"的步调，齐刷刷俯冲、稳稳着陆。它们或相偎而栖，或戏水觅食……

于是，时光限速匆匆的步伐，市井暂停膨胀的欲望。二十二平方公里的舞台，兰花指轻拨古老的三千琴弦，清晰风起波澜的青史，异口同声的汕尾渔歌，追忆海上疍家的剪影。

逆水溯源。朔风这一把锋利的刻刀，劈裂山谷、耕犁江湖，签写品清湖的乳名。

造的船，品清村的一块胎记；

纺的线，海边街的一枚元音；

摇的艇，青龙头的一段掌故；

织的网，坎下城的一篇传奇。

与风并肩同行。旁逸斜出的白鹭，驮来字正腔圆的母语，讲述一次次多舛远行；遗情的品清墟，私刻唐诗宋词的印章，广发一册册留芳青史。

与风同气连枝。海洋文化、沙坑文化的硬骨，潮汕文化、客家文化的柔情，涸润山海湖城的万家灯盏。

叩拜与守望，永恒的风眼。家灯下，深居简出的牵挂，熨平几多横流沧海?

时常，记忆充满醒来的遐思，饱含着泪。这种幸福的惬意，如同鹭追逐的风，那么地踏实和恬静；又如光腚顽童那一对清亮的眼睛，总能抚平一脉暗流的野性。

心怀慈悲，朝花夕拾。无论线装书，还是新生代，成长在湖畔的动词，借助春风缱绻的惯性，悄悄在渔女的发髻插淡雅的绿簪。

还是来自公元前的海风，准点唤醒曦光，接力梳理山水的深皱。一封寄往大海的情书，盖上"早安"的邮戳，放行航线千万里……

迎风击水品清湖，一个歇脚的驿站，一本以史明志的日记。

花：光鲜与笔直节日的跫音

山川见证历史，风物蕴涵故事。唱腔穿山涉水，飞花的音频引领踱步，走出旧时光逼仄的角隅。

雨读千丛花，人悟忘情水。阳光温暖的季节，静水流深的惊蛰，契合一串鹭鸣铺陈的乐谱。

饱蘸一滴秀水，丰腴一绺春风，翰墨一池湖光，隶书一卷繁花。一年又一年，领舞的大红花，舐舐丹荔快递的熟悉体味，脚踩品清湖窖藏的风铃，在梦幻和神奇的画面上演绎。

凤山无言，自有舟楫渔帆演说，潟湖假寐，唯有男女老幼耕耘。一天又一天，素面朝天的儿女，以默为辩、宠辱不惊，终生保持向上的气节、向阳的笑靥。

蜂飞蝶舞。少女几分羞赧昭然若揭，暗藏怀春的秘籍：每一词暗香都有诗眼的珠玑，每一帧招展都是活力的诗句。

玄武灵声，只是渔船小写的三角梅；

莲峰叠翠，仍是岛屿表白的樱花树；

遮浪奇观，也是港湾低吟的风铃木；

缤纷落英，还是滩涂不老的扶桑花。

阳光的经纬，繁花的村落，殷勤地游弋在民俗的肌理，梳理无字的小令。

凤凰木隼下头的，粗鄙的肌肤，赛过奶奶纵横的深纹；蜇手的枝叶，胜出爷爷不羁的禀性，缀满不屈于狂风暴雨的故事，保驾宁折不弯的信仰，呵护纯真无瑕的人性。

一即一切。龙舞、英歌，悠扬的音频，醉美如花，签名中华民族的史诗；抬阁、皮影，文化的遗产，触摸爱的脉动、情的呼吸。

无酒自醉。青梅与擂茶，历史与当今的牵手或碰撞，追随花开声频，去触摸山的脉动、水的声息。

纤毫毕现，一朵顶天。摆脱手机调控的时间，梳理网络诱导的思绪，跳出如锻打机生活的高频，品读无知对死亡恐惧的焦虑，依偎在爱的身边，书法自由的繁体，衔着花语的鹭鸟，舞出彩色与立体。

浪：锃亮和拔节踔厉的背影

一支羽毛常态瘦成一朵浪花，一队白鹭习惯接力拍岸击石。

阅尽天下沙尘繁华，抚摸人世流年变迁。栖息素浪之巅，只是复习迎风沐雨、捕鱼捉虾的细节，足无磕绊的欣然，重拾童谣的无邪，复活飞翔的乐此不疲——无论跋山涉水，还是荣归故里，紧拴的是乡愁的相伴一生，只言片语。

屡浪抚云，展翅似雪。当诗赋无力平衡内心的躁动，刻意的追寻难免徒劳，当红尘不再释放课堂的宣言，高分的失真难逃俗气，再是山盟海誓的表白，沦为作秀的人气。

星辰渔火，山湖壮阔。一首《军港之夜》的旋律，传承马足龙沙、赤胆忠心的基因，来自红宫红场的炬火，燎原这一片热土未凝的血性。

品清湖的天空，抹不去的雄姿，岂能被高海拔掣肘或屏蔽？钟爱这片水域的生命万物，灵魂的拓片镂骨铭肌，莲花山虔诚捍卫的正义。

铜锣寨的丰碑，坐标红色圣地；

白鹭岛的草木，拓展峰岭风情；

赛龙舟的鼓点，伴奏岁月峥嵘；

海陆丰的蝶变，附丽汕尾红绿。

窗棂定格的风景，填空四季的线谱，原始的善性、红色的底蕴，擎起不改的初心：

丈量中国蚝乡的少年，追随父亲四十三码的足迹逐梦，只为证明自己的身高不逊于青山；捧读善美之城的少女，倾听母亲湖从来没有封冻的秘密，谈资秋水微澜、雨打芭蕉的愿景。

群山环绕，敞亮妈祖慈爱的胸襟；八河入海，舒张岭南童话的诗境。

画家飞絮落墨，诗人纵然激昂。年轻的只是青涩，不年轻的是一生的挥汗如雨，从远古到如今——时光的叠加、风雨的洗礼，会开花的树总有波澜曲折的神奇；无论字典还是诗经，难以定位浮光跃金派发的福利。

风浪，品清湖的姓；白鹭，品清湖的名。

月：皎洁且续写未来的诗集

谁能分辨诗集的主图，究竟是鹭鸟栖息的隐约，还是低吟浅唱、火树银花的特镜？

谁能言状书名的繁体，究竟是品清湖水的轻盈，还是击鼓催征、奋楫扬帆的遒劲？

枕着褶皱的银波、光滑的绸缎，手拈一颗露珠的玉兔，究竟在窃听白鹭的私语，还是藏匿晚风的柔情？

抒写中国第一大潟湖的诗篇，一面偌大的月镜，审美红海湾胸口的祖母绿，辽阔和苍茫。静谧的屿仔岛，驰腾的汕尾港，经纬翠滴葱茏，接龙慈爱大美，赓续鲜活一日又一夜的醉美情歌，传颂一季又一年的风清月霁。

索引鸟啼落墨、云阁枕水，伏笔女人温婉的押韵、顽童的甜美梦呓——谁都可以忽略你的侠骨柔情，但无法忽略你的春秋流丹，特别是华夏人文的清澈和沿袭，包容百川的大美大爱，一部默片的言情剧，不禁让人心动怦然。

赶海时代，天后圣母像的一行题记；

渔舟唱晚，沙舌尾外滩的一道背景；

留住乡愁，中央商务区的一个导语；

寻找记忆，网红打卡地的一首情曲。

徜徉在月光下的滨湖大道，明净的月光破碎夜的黑，每一鳞碎光，阅读浪漫伴侣，聆听时代颤音——侠骨与柔情，忠诚与爱心，在一抹月光的见证下，再创神奇。

烛火颤动的投影，焦距经典的舞剧，点赞披星戴月的笃行；

果花撒香的院庭，荡漾亲情的甜蜜，盈满儿孙绕膝的惬意。

一首诗，还没写到结局。遁去的只是昨晨的星光，邀来的可是今夜的璀璨。身背月色的汕尾，在品清湖的眉心大写荣光，将一位异乡人的方言，镶嵌在平仄的行间字里。

一面入海，三面环山，一碧万顷的波光，一城山色半城湖；南海之滨，天涯之角，一泓爱善的情怀，与苍穹浩瀚等距。

原载《汕尾日报·散文诗专刊》2024 年 11 月 24 日

梦想像大海一样蔚蓝 [组章]

张 雷

蔚蓝梦想

那滴泪，流淌成银河。

童年走失的那颗星星，是否回归了家园？

抬头望天，天比心事更寂寥。

青梅佐酒，饮尽一轮圆月。

摩挲绣着玫瑰的红丝巾，一段情爱能否成就美满的婚姻？

低头思乡，乡愁里飘逸着母亲味道的炊烟。

放下所有的羁绊，海与浪缠缠绵绵。

收藏千疮百孔的船帆，梦想依旧像大海一样蔚蓝。

前方的路有多远？黎明眷恋夕阳的温馨与慈祥。

梦入佳境

惊涛拍岸。大海在怒吼？大海在呐喊？

海底暗藏了多少的隐秘？考古，还原久远的传奇与辉煌。

敞开心灵，接纳曾经的无奈，消释无助的彷徨。

汇聚雨水和溪流，再造海的胸怀，再造海的气势。

遏住台风眼，缓解风的狂躁。

航船停靠在港湾，水手扬起脖颈，饮尽风暴与喧嚣。

海燕逆风飞翔，闪电撕破乌云的笼罩。

海天融为一体，灯塔驱散迷途的恐惧。

飓风放低了喘息，海面摇曳着帆影。

听一曲《渔歌唱晚》，数苍穹繁星点点。

点亮万家灯火，祝福静夜平安。

云卷云舒，波澜不惊。

梦入佳境，水手和大海的心思谁能读懂？

观海听涛

明月皎洁，海平如镜。放下缆绳，任乡愁漫过心田。

年少的梦想，生根在故乡。岁月的风霜，磨砺着年少的不羁。

耕云。云，横生人间万象。牧月。月，演绎聚散离合。

走过的路，有繁华，有苍凉。

交过的友，有的两肋插刀，有的反目成仇。

扬帆，去远方。远方，有玫瑰的芬芳。

暗流涌动，在波光里掬起帆影。

和海燕一起搏击长空，期待云散天开，期待塔灯照亮航程。

前行，复前行。帆船驶出暗夜，朝阳唤醒酣梦。

海涛轰鸣，港湾包容所有的忐忑。

那盏长明的灯，彰显情爱的坚贞与忠诚。

观海，不奢望听涛。听涛，似是祝福，似是叮咛?

蓝色基调

天，蓝给芸芸众生看。

群鸽掠过，惊扰了浮云的舞步。

我在太阳下，看自己的影子。

月季花笑着与风儿说话，忽略了我的情绪。

站在海边，欣赏辽阔的蔚蓝。

鸥鸟翩翩，千帆竞发。

尝一口海水的涩咸，这是眼泪的滋味吗?

和一位水手搭讪。风口浪尖，他藏好心底的波澜。

翻出那瓶陈年的蓝色墨水，阅读用钢笔书写的信函。

纸短情长，情爱在望眼欲穿的路上。

那瓣风干的蓝色妖姬，依然残存着幽幽淡香。

在往事里寻觅温馨，泪滴洇湿了蓝墨水定格的诗行。

穿上淡蓝色的外套，一个人出一趟远门。

仰望苍穹，拥抱大海，倾听涛声……我沉醉在无垠的蔚蓝中。

蘸着海水，写一首长诗，寄给曾经的知音和知己。

夜色收藏了我的影子，风儿抚慰着我的心事。

老歌怀旧

泛黄的家书，遗落岁月深处。

亲爱的爸爸妈妈，你们是否在天堂里享着清福?

岁月改变了容颜，我依然保持着写信的习惯，用爱寄托所有思念。

村边细瘦的小河，始终没有改变流向。

当年眼睛会说话的小芳，在怀旧人们的口中反复传唱。

无法淡忘，曾经的年少轻狂。喜欢长得好看又善良的姑娘，怀揣着淳朴的执着与向往。

翻过一座座大山，尽情欣赏山外面的风光。

躲开一堵堵高墙，让心情变得豁然开朗。

坚信山不转水转，欣然守望情与爱的原点。

收藏旧时的唱片与时光，用歌声抚慰心的漂泊和沧桑。

循着熟悉的旋律集结，回味一起走过的激情燃烧岁月。

在灯火阑珊处蓦然回首，月圆，花好，春未老……

雨中奔跑

尘土追赶着风，暴走。河流坦露的心，蒙尘。

那头饮水的牛，抬起头，惶惑地看着天空。

蔫头耷脑的庄稼无奈地扭动身躯，流浪狗悄无声息隐进附近的小树林。

枯枝砸痛水泥地，败叶涌满了村巷，一场雨正在酝酿。

云彩一路向西，匆匆忙忙赶路。

蛙群选择静音模式，潜入水中避暑。

荷叶仰着脸，等待雨水的恩宠。

关上窗户，阻断风的叫嚣。

水天一色，雨幕里辨不清你我。

加快脚步，回家的念头能否超越落雨的速度？

栉风沐雨，和雨一起奔跑，风景碎成撩拨情绪的雨滴。

点亮希望

伸出手，试图推倒一堵墙，努力看清眼前的光亮。

夜空的星星，有时候也喜欢和我捉迷藏。

行进在路上，目标总是在远方。

许多的时候，热衷于苦思冥想。

太阳明晃晃，突如其来的雨水，瞬间淋湿了梦的衣裳。

独自一个人登临峰顶，远眺故乡的风景。

炊烟，是乡愁的一种。

风儿捎来久违的问候，那棵老树依旧站立村口。

原载《都市时报》2024 年 7 月 5 日

长江万里：青弋江 [组章]

段 伟

黄山怀里的青弋江

黄昏，大雪纷飞，褐色的山石和青翠的黄山松，被冰雪包裹着，至此，黄山走进童话世界。

小松鼠开始了跳动，松枝上踢落的那块冰雪，跌落深谷。夕阳下的黄山，一滴水有了最初的蠕动，顷刻，一串串水珠跌落，青弋江有了胎动，源头有了流动的迹象，纤细如丝到涓涓细流。

行走在松林山谷的涧水，宛如时光切割着山石，凸凹有致，棱角分明。流水打磨了磐石，细流带来了花香。

黄山，每一座奇峰都独自孕育着一汪秀水，怀揣着江南烟雨的春梦。

我不靠近，也不离弃，一路追随，南来或者北往，千折百回，一路向东。

涌动的青弋江，一路向前，宛如我们少年时的诗和远方。远方有多远呢？

青弋江，缠绕着山村的记忆

江边的小石子，硌疼了我童年的小脚丫和记忆。青弋江，瘦成了一根麻绳，紧紧地捆绑着云雾里的小山村。

云在山上飘，水在地上流。拐弯的浅滩，少年的我们在浑水摸鱼，螃蟹死死地夹住少年的手指。一束晚霞，终于挤破门，照进了东厢房，惊愕的蜘蛛，慌不择路。

江边浣衣的姑娘，有了山的起伏和凸凹，如果不是遇见，脸上怎会红霞乱飞。

谁的笑声惊起了一行白鹭，也让我落荒而逃。少年的我有了心慌意乱，还有被夕阳染红的那一江的心事。

桃花潭，青弋江的客栈

开在脸上的桃花，是你最美的三月，远望一眼，差一点醉倒在你的深眸。请上岸一叙，今夜的花好月圆。

倘若没有一壶酒，哪来你的山清水秀，没有你的低眉含羞，哪有此去千万里的乡愁。

三两粒鸟鸣滴落，江面上一圈圈涟漪荡漾开去。薄雾笼罩着青弋江，面纱里的桃花潭，妩媚多姿。我倚在客栈的窗前，独自无语。

轻舟划过的江边，一往情深的心事，被渔人牢牢网住曾经活蹦乱跳的脸红心事。

你或许只来送行，那年，我不在桃花潭。

原载《黄山日报·副刊》2024 年 8 月 7 日

坐在河边看流水 [组章]

兰　青

坐在河边看流水

深秋，村庄东边的小河，草木坐化，流水清澈，映照出一个孤寂的影子，像一条漂泊不定的游鱼。

我坐在河岸边，悬空的双脚找不到支撑的凸点。这时，北风袭来，几片树叶在半空中荡漾。丝滑。铺展开。顷刻间，小河承载着小船，顺流而下。忽明忽暗，捎去了今秋最后一丝温度。

一群麻雀，叽叽喳喳，在河对岸的树林里游戏，灰色的身影一晃而过，只留给我几道残缺的影像。

天色欲晚，阳光遁走。

你看，天地一色，好一幅山村水墨。

牧羊女

清晨，叽叽喳喳的小鸟在窗外拥起一方天地。

几粒草籽试图在窗台裂开的缝隙里安身立命。

放羊的女人，踏着自然赐予的甘霖把羊群赶向山坡。一天的光阴便在女人挥舞的鞭子中荡悠着。

如云朵的羊群在远山，不及那抹鲜艳的红头巾，带来的视觉上的冲撞。

翻过一座山头，停下来，又翻过另一座山头。女人挥动手中的鞭子，惊起几只藏匿草丛间的雀鸟，一只小兔子从脚跟逃窜，溅起几片旧时落叶。

一路舞着，一路吃喝着，被风吹散的乐曲，是否只有大地知道其中的幸福。

这些年，羊群和红头巾成就了这山村独一无二的风景。

田埂上的背影

越过山峦而来的风，不止一次在此起彼伏的屋落间奔跑。

一个人，一把锄头，一道田埂分离出来，大小方圆都让人热血沸腾。

一阵春雷降临，炸开了春花朵朵，五颜六色的网编织着，一粒小巧的种子在体内酝酿一场更大的阴谋，鲜活的力量涌动。

拔节生长，向着阳光的方向，翩然前行，这是自然赐予的，珍贵的，人们赖以生存的宝藏。

此时此刻，站在这片广袤的土地上，仿佛看见，一群人坚挺在自己的乐园里；过路的风吹不倒硕果压弯的脊梁，在一个晴朗的上午，迷失在丰收的喜悦里。

等一场大雪

寂静的村庄，总是装作什么事情也没有发生过的样子。在我归来的时候，它依旧沉默不语，像一块石头丢进深沉的死海，泛不起一丝涟漪。

能有什么事呢？一个人来了，一个人走了，南来北往的人们，把雕刻生活的刀片打磨得铮亮，忽略了生命的本质渴望雪一样的眼睛。

这个村庄在等待中静默，又在静默中蓄积力量。它时常被忘记，又在边缘之际被想起。它在无数个日夜里向着远方的云朵招手，等待一场大雪把它覆盖。

洁白的梦里，我感觉到身体里蕴藏的暗河，生生不息。

原载《星星·散文诗》2023 年 12 月

辑　五

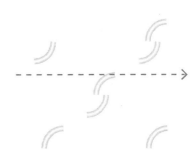

北方印象 [组章]

胡庆军

稻田收割的时候

稻田收割的时候，北方的天气就凉了。

南飞的鸟儿，才刚刚几只。把艰辛隐藏在云间。

还好，田里还散发着浓郁的稻香，还有季节的声响，如同历史的回声、乡村的经卷，被整理成一粒米，把乡愁和温馨遗留给时间。

父母的脸上写满了生活的日常，秋阳散在看得见的地方，日子的修复者，沿着节气寻找细节。

时间的乐谱，让乡村和城市相连，那些在稻田里享受收获的人，被别人定格在了照片里。

于是，那些笑声会被收藏很多年。

一些修辞在一张纸上摇摇晃晃

一些修辞在一张纸上摇摇晃晃；一架无人机，放飞了再也没有返航；一声无可奈何的叹息，点缀日子的硬伤。

备好一桌酒菜，一起把酒言欢，那些吟唱的诗句沿着原野的辽阔，婉约或者豪放。那些文字，如同递上的有关四季的请帖。

夕阳下，那些炊烟，在父辈们的诉说里停留。有时，一切都与生活相关，年复一年，皱纹爬上我们的额头。

枣儿红了

那片枣树林，站在厚实的土地上。已经很多年，等秋风出来的时候，那些果实，就红彤彤挂满树桠。

乡村的四季宛如撕碎的书谱，延续的幸福在语言里清晰，栽种这片树林的人早已作古，一些故事被光阴遗弃，仿佛什么都没发生。

目光里的枣林，穿了一件艳丽的衣服，遒劲的树干一笔一画，书写着吉祥和甜蜜，树的脊背上，是生命的印记，布满了疙疙瘩瘩的年轮和空洞。

说起日子，那些枣儿的脸就红了。

那些顽皮的孩子，竿子举到哪里，哪里便落下一地星光。然后把粘连上的泥土气息，一起吞下。

也许就是一份可乐吧。一年一年。

岁月的黯淡和人们的遥想，曾传给了多少游子和异乡人。谁，在风中发出朗朗的笑声，丰满秋天最动人的景致，悬挂在生活里。

乡间的枣子紧挨着老屋和土地，能把日子照料得火红，有喧闹有安静。

落叶满街听秋声

秋风，吹落满树的舞者。用一支翰笔书写一身飘逸，画一个绝美的半弧，覆盖所有心事。

落叶满街，几个打闹的少年跑过，转眼间，消失在了路的尽头，只留下一个温柔的画面。

风慢慢把这个秋季裁剪，风景、人海，以及对假日的渴望。寻找一种借口，把收获读懂。每一个遥远都是一个风景，秋风擦不去最真的年华。

让时间超越梦想，秋天的声音守望故事的开始和结局。

拾起一片枯黄的落叶，让这一刻凝固，街上的落叶被清扫过，裸露出冰冷的地面。秋天是不能没有落叶的，好比春天的鲜花、夏日的细雨、冬季的白雪。

一叶知秋，生命短暂的轮回是如此清晰，让人触手可及。却唤不回时光的停留，没有人赞赏，更无人抚慰，孤寂的心坚定了逃离的愿望，与秋风作伴。

一个又一个的故事，一块又一块的时光碎片，在记忆里生根，发芽。诠释落叶的情怀，坐在秋阳下，看落叶最后的美丽，仿佛听见了生命哗哗啦啦的碰撞声。

秋风抒写着一页长长的诗意图

如同小小的红灯，挂在高高树上。

风把它们点亮了。

季节在梦中醒来，以沉默的方式说出一种别样的情怀。柔软的光，恰到好处。

这小小的精灵，让枣树枝幸福地弯曲着，也让枣农的幸福舒展了秋天的日子，这一定是大自然献给秋天的加冕礼。

温馨沿着所有的思绪蔓延，此刻，乡村像一个生过孩子的少妇：幸福，慵懒。

远处的、近处的收成，都承受着正午阳光的抚爱。

甜蜜里有轻轻地呼吸。在微微的起伏中，让我的心抚出了一层层细浪，邻居家的老奶奶得给我满筐的红枣，我品尝到变迁的乡村里的烟火祥和的味道。

听，秋声塞满了天与地，风正抒写一页长长的诗意图，在平淡的时光里，让乡村显露出一种还原亲切的真。

秋风吹

秋风吹，落叶和我的思念堆积在一起。

一朵白云，落单了，在蓝色的天空缓慢地行走。田野里，成熟的庄稼依次排列：稻谷、高粱、玉米，还有结籽的草。

阳光为秋天打开了精美的画轴，一把美丽的古琴，正弹着古朴的民歌。意蕴之外，所有的一切都让我们兴奋。

一只秋蝉，穿着薄如蝉翼的凉衫，鸣叫着降临在我们身边，她用尽了最后一丝气力，向着太阳洒一杯白水，如同把生命挥洒在万物之中。

赤、橙、黄、绿、青、蓝、紫融为一体，柿子树上，金黄色的地毯铺展着，一个个沉甸甸的果实挂着，晃来晃去。

听得见秋天的使者在大笑，看得见她们在树枝间荡秋千，伴着泥土的芬芳，是万物为秋姑娘准备的香水。

秋天的田野，诞生许多贵族。鸟儿的翅膀被风拉了几下，鸣叫一声就飞得无影无踪。

故乡的秋天在想象里舒展，故乡的亲人一定像一个个喝醉酒的汉子，在田野里深一脚浅一脚地收获着快乐和幸福。

秋天来啦，谁吹响唢呐，传播秋天的信息，放大秋凉如水的空灵。

而我们，慢慢走进秋天书写。

原载《安徽散文·2023 冬之卷》，2024 年 2 月出版

带回一朵落花的叙事 [组章]

杨海波

秋天的暮晚，你带回一朵落花，像要紧握曾经的一种逃遁，渐而又被心间涌现的相似感冲淡。没有人能提前告知你，日后一个人将有怎样潜心的怀念？

是在昏倦的时辰，秋天有了别离的痕迹。你稍抬起头，天空中的云朵更加消瘦了，像散场的梦，不可追的回忆。想起这么多年，你与一些人重复着相遇和离别，不过，她们都只能陪你走一段路就消失不见。

想明白是一个不确定的过程，比如你容易疼惜逝去的事物，但再也不能回头，重返紧皱的眼神。现在，你只想退隐内心，回到一朵落花古老的召唤，从而听清最初的声音：没有什么可靠。

可是，命运如此裸露而悲壮，就像孤独的泪水不小心滚落，始终找不到归宿。这样的年代还有多少人愿意倾听一朵落花的故事？而你有过无法忘记的凋零感，并从那朵落花看见自己曾经的身影。

还是选择释怀吧，身为女子，你必须不露声色地独自走过坎坷。

黄昏的秩序

如同倒在一枚落日巨大的苍凉里，她和山那边的暮色一样有自身将尽的炽热，等待被冷却，凝固成内心深处的一块冰。

然而，她想赶在黑夜降临之前，从冥想中拯救出失意的灵魂，就像找到在人群中迷路的另一个自己。须臾之间，一只可爱的松鼠从她身旁的树上经过，摇落几片树叶在她身上，让她情愿将自己交付给这种暂时的亲近。

现在，她需要感到安稳，不愿再想起从前受过的耻辱，那些难以消解的疼痛。于是她紧闭双眸，满怀虔诚地抵御着思想中随时可能出现的困兽。毕竟，她从来不向被制约的命运妥协。

或许还能从与人群的疏离中分辨出值得珍视的诚心，比如她在同样的黄昏想起某个人，与那个人在一起的时光。回想的时候，像穿行在时光隧道，没有返回的可能。

跟随着时间，思想越走越远。她全身滚烫，像在黄昏的秩序里死去又重生，并从眼泪中收到来自忧郁的独特礼物。

高原上，江边即思

远近相宜，高峡出平湖。

这是大姑所在的村庄，空了。她新婚后，江水带走丈夫，还未等到儿女立业成家，她就病倒了。从此，所有的日夜都很遥远。

我站在江边，望向远方，过往已人去楼空。黄昏散落在醒目的碑石上，像一个人生前的潦倒和平庸，找不到契合的注释。

失散的亲人，出现在虚拟的花瓣上，却又是空荡荡的。恍惚中，月下一壶烈酒，泄露了烤房的神秘。

高原上的冬季，也会枯萎。我以为自己还徘徊在童年的村口。江水在沉思，群山用一束光线收集眼前的苍茫和寂静，它们都各自安好。

原载《星星·散文诗》2024 年第 3 期

被光捆绑的人 [组章]

晨 叶

被光捆绑的人

从黑暗中诞生，我终将回归黑暗，这与通过隧道的过程，有完全不同的感受。星光都是隧道，直来直去，给光明牵针引线。

光明用一张薄纸轻易捆绑了我的清白，简历无法重写。颠倒视线，头上是万丈深渊。

与其让一条河流牵手而行，不如成为一块石头，让水打磨质感和灵魂深处的认知。每一块石头都是流水的试金石。无须避让，所有的光与流水一样柔软。

想起一株玉米

胸前抱着的，背上背着的，是同一包玉米，是所有子女共同的名字。丰收季节，背篼的脸上笑开了花。

该兜着的事，依然兜着，包括一日三餐和精打细算。每一天都是玉米籽。牙齿咬碎艰辛。坚硬的骨骼和骨气，一粒粒数着岁月过日子。

秸秆用心血，在炉膛里烧红生活的锅底。跨进家门的子女，第一声喊出一个字，是一个温暖的词的缩写。

时间里的杂草

生活过于光滑，容易使人倾斜，把时间扶起来，杂草丛生。

徐家渡的船只失去踪影。岸断了一条腿，当年坐船回老家，船是捷径。童年只留下半个故事，回忆开始受潮。

秸秆编织鱼网，一经风吹，有门自然闭合，夕阳走进院里，放下背上的高粱。奶奶把高粱晒在墙上。日子依然饱一顿，饿一顿。

蚂蚁多了一双翅膀，蝴蝶回家探亲，山坡低于花朵，云找到根茎。

月亮飞回鸟巢，一夜换完身上的羽毛。

掉在地上的，成为杂草。

庭　院

总得有墙，还要有点花丛。至少有个月亮门，保持与传统文化的沟通。文字和花草，没有腿，照样能穿越时代。

通风，透光，轻巧，精致。便于搬运，或者修剪多余的枝蔓和暗淡，结疤留下一段岁月的创伤，时间贴上一副膏药。

再摆放几块石头，乡村故事离不开交头接耳，砖头高于地面，雨水经常找不到出口，沿着树根巡视。灯笼和烛光，轮流值守。夜蒙着面，如约而至。

有个天井更好，迂回曲折，也走不出家谱和一些老人的描述。传说留下一座迷宫。

梅雨季

落下的雨滴正在成熟。块大，还有内核。

你说过的话，也有梅子味道。我走在雨中，仿佛与你又一次相遇。雨水都有黏性，能黏合前生和来世。

梅子树下生长一些苦涩的往事，慢慢植入年龄。挂果的季节各奔东西。为何不像雨依赖水，见面就携手同行，不再分离。

进入中年，我把梅子泡入酒中，孤独的时候，就让一滴雨唤醒回忆中模糊的情节。

我经常在雨中，走失另一个自己。

一片茶叶

能卷能舒如同鸟的翅膀。云从不自省，哭一次就算悔过。

人间冷暖，一杯茶也能察言观色。

水在变绿。天空装进一只杯子，云朵回归家园，每一场雨摊开曲谱，任鸟弹唱。每棵茶树，都触摸过村姑的手指，手留余香。

泡过茶叶的水，清者自清，直来直去的性格融入一条彩色的河流。黄昏越冲越浓，夕光越泡越白。

一片红茶，已看淡名利。任别人评说。

背靠一棵开花的树

树子开口说话的时候，我正背靠一棵树寻找自己。

树叶比刀还锋利，把时光分割成昼夜，我在黑白中过着受挤压的日子。

树上开的花，晾晒刚从染缸里捞出的布匹。

外婆坐在树下缝补开始陈旧的光阴。几只鸟是被风刮走的布丁。

你从树的后面探出头来，把一只蝴蝶从我的梦中，喊了回去。顶着天空的蚂蚁在洞里出生，喜欢上树。

糖分重的果实堪比太阳，都想把它占为己有。模仿古人，用石头搭起锅灶，煎煮日子，掏空了洞穴。爬行保持着最原始的生存技能，弯腰低头，甚至隐身。

泥土是风吹不走的棉絮。

夜色戴着特大号的面具，在你眼里不过是僵死的蚊虫。你长期生活在树上，学会飞翔，一朵一朵地，搬运遮挡蓝天的云。

杨柳春风今夜闲

绿叶是时间的一种符号。形状大小，并不代表年轻或苍老。雪也不是少年白的病态，融化只是腾出一片空地，再次播种。

雨水和惊蛰用两条腿走路，一前一后。夜色是小鸟抹在身上的泥土，小鸟也想像种子，在春风中开出一些桃花。无意中，看到老人头上长满青丝，柳枝拨出琴声。

谈情说爱的季节，风静不下来。

原载《散文诗》2024 年第 4 期

镜头内外 [组章]

花　盛

活　着

她一生，都在爬——

从炕上爬到地上，从地上爬到院子里，从院子里爬到麦场上。

这或许是她一生走过的，最远最难的路。

麦场边是洮河形成的堰塞湖——党家磨湖。

风起时，浪花一波波涌来，但她看不清，她的赞美只会重复一个字：噢——噢——噢——

有时，她会摸起身边的碎石扔到湖里，她听不见声响，但笑得很开心，笑声很大，像一圈圈荡漾而来的波纹。

这或许是她一生做过的，最美最圆的梦。

时光剥夺了她走路的权利，剥夺了她的眼睛和耳朵，甚至嘴巴。后来，又剥夺了她的牙齿、黑发和睡眠。

时光剥夺了她太多太多，此刻，还在剥夺，剥夺得她只剩下两种表情：哭和笑，只剩下两种声音：哭和笑。

她是我年迈的姑姑，虽在我的镜头之外，却藏于我的内心深处。

她以自己坚韧的爬行，给予我勇气和力量，以及镜头向下的角度。

尽管她漫长、简单、孤独的一生，只拥有两种表情和声音——

但她，从未放弃活着，像一棵小草，从未放弃春天。

发 小

在荒坡上，单薄的身子似乎撑不住风的推搡，每掘进土地一寸，他就矮下去一截，但他不相信一块土地会永久荒芜，一个人会永久失败。

他是我的发小。小时候他不慎引发火灾，导致一片山坡的草木化为灰烬。

恐惧和愧疚几乎压碎了他小小的身躯。辍学后，他逃离村庄，四处打工。

几年后，他回到村庄，用积攒的钱购置苗木，以此救赎自己。

当我去采访他时，他先是拒绝，迟疑。当我和他的手紧紧握在一起时，我的眼睛有些湿润。他粗糙的双手刻满与风的搏痕；背又驼了，似乎被什么东西压住了呼吸。

他把自己分成无数个自己，种入土地。当然，会有一些替自己死去，但他会重新种下自己。

他的一生，都在重塑一座山，重谱一首歌。

他把自己一寸寸埋进土里，用弯曲的身姿，完成对命运的注释。

多年后，无数个他，在荒坡上挺直腰，挡住了流言和风。

你看，那满坡绿浪，或蜿蜒或起伏，多像他艰难曲折的一生。

你听，那满坡鸟鸣，或婉转或激越，多像一支百听不厌的颂歌

剪 纸

在镜头里，她是一名剪纸艺人——

一张纸，折皱了才能知道自己要走的路，剪碎了才能开出花来。

她说，破碎即是圆满，未经破碎的人生不够完整，世间万物，莫不如此。

一张纸，就是人的一生，那些被剪掉的纸屑都是不复的往昔。而保留的部分，成为另一个自己，再现锦瑟年华。

一棵草，一朵花，一颗果，在时光里凋谢，又在纸上葱茏；一条鱼，一只鸟，一张脸，在尘世里死亡，又在心里相遇。

在镜头之外，她代表的就是一个群体——

将智慧镶嵌于白如纸张的雪域草原，任牛羊自由如云，任骏马驰骋辽阔，任牧歌珠圆玉润。将爱倾注于一片片或方或圆的田地，任家园鸟语花香，任生活春深似海，任梦想欣欣向荣。

每一次折叠，都是梦想的开始，突破空间和比例的关系，重建斑斓的世界；每一声"咔嚓"，都是时间的碎屑，剪掉心灵的束缚和生活的繁杂，装饰别有天地的日子。

她，将一生寄托于一张张纸，与纸相依相偎；
她们，缤纷于纸上，与万物和谐共生。

小　贩

他一辈子穿街走巷，一辈子和水果打交道。

他知道什么季节结什么果，他从不卖蔬菜，他知道在乡村每家都有属于自己的菜园。

小时候，我没见过太多形形色色的水果，但只要他来到村庄，顿时果香弥漫——

西瓜、冬果梨、橘子、橙子、葡萄、哈密瓜、大枣、草莓、蜜桃、猕猴桃……

每一次，他的三轮车突突突地来，小喇叭就不停地重复：废铁、废纸、头发、塑料、易拉罐换水果喽——大家围着三轮车，用积攒的废品，换取自己渴盼许久的水果。

人都散了，我们还围着，像一群馋嘴的麻雀。他临走时，总会挑几个色泽不太好或略有腐烂的水果递给我们。在那窘迫年月，无论什么样的水果，于我而言都拥有最幸福的颜色和最甜蜜的味道。

很多时候，盼他，像盼过年。至今，我仍保留着积攒废品的习惯，像积攒水果的种子和旧时光。每次等到他来时，我总想起一句话："世界上没有垃圾，只有放错地方的宝藏。"

他每次离开时，我的心就紧一下，像一个蜜桃在光晕里被风尘淹没；像一颗葡萄干，需要滚烫的水，才能在时光里慢慢泡软，慢慢复原。

原载《星星·散文诗》2024 年第 1 期

耕耘者

阳光如金，田野上，一人一牛一犁，勾勒出农耕文明的千年的版图，以简朴的农具，雕刻生命的坚韧；以晶莹的汗水，浇灌梦想的热土。

微风向暖，耕耘者，是你，是我，也是他们，以犁铧为笔，涂绘铜质的光泽；以大地为卷，勾勒虔诚的诗篇。

汗水滋养泥土，泥土滋养生命。耕耘，是生命之本色。我们在耕耘中，唤醒心灵，塑造骨骼；在昼夜轮回中，完成烟火之暖和生命之厚。

映入泥水中的万物之影，具有慈悲之光，像眼中流露的坚毅，源自对土地的忠诚。唯不懈地耕耘，才能抵达大地的怀抱，成为土地和自然的一小部分。

而你我，将继续践行与土地的忠诚契约，还有时光和往后余生。

原载《星星·散文诗》2024 年第 3 期

洛克之路 [组章]

阿 垅

兰州蓝

从哪说起呢——

是对你的钟情，终止了我习惯性的动作，奉命收回打火机，只是闻了闻烟草里的清香。

你说你越来越喜欢头顶这片发蓝的天空。

十年前，不比十年后，一条古老的河，终于映衬出了一座城完整的灯火。

从你的眼里，我看到了牵手约定的底色。

美丽的女孩，在兰州都有一个共同好听的名字——

叫莎莎①。

再唱民谣：苦水玫瑰

送你一朵玫瑰。

不是镜中搽脂抹粉的那朵，不是见风就咳嗽流泪的那朵，也不是情人节之夜走街串巷的那朵。

送你一朵玫瑰。

---

① 莎莎，兰州方言，指漂亮的女孩子。

要送，就送这朵在黄土堆里扎下根的。

要送，就送这朵喝一肚子苦水长大的。

要送，就送这朵开花也要开出艳阳的。

苦水玫瑰，只因我们的爱太甜。

苦水玫瑰，如今我们的情善变。

难忘相依在一起的红头巾和木扁担。

十头牛也拉不直，九曲十八弯的山路。

修词和鹰

假如这一页可以翻去。

假如在另一页上种下荒草，就有垂涎三尺的风探出身子，警觉的野兔竖起耳朵。

假如你是我多年前的邻居，熟悉又陌生的狩猎之人，寡言少语，且我行我素。

偶尔也会坐在石头上伤神，偶尔也会吹几声轻松的口哨。

你我之间只隔着一片天空。

在秋雨连绵的嘀嗒声中，有时我会想起你，但未必你会记得我。

青稞咂酒

空口无凭，先需温热掌心。

启封蒙尘的瓷坛，低矮的炕桌不拒来客。

抿一口——

浸湿唇齿和舌尖，从喉管里跑过的青棕之马，蹄音清脆回响。

咂一口——

全身的毛孔依次舒展。

你不说，一条酝酿已久的路径会道出实情。

最后深呵的那口气，随之呼出了——

草原一望无际的绿茵，八百亩青稞收割下的醇香和牧歌。

洛克之路

我们的缺陷，来自对草木的认知，但这并不影响去观赏周边的风景。

徒步、骑马，悬念环扣，九死一生，踩踏出了一条远征之路。

雪域客栈的墙上，一张翻拍放大的黑白照片——大胡子约瑟夫·洛克一身藏装，身后 1927 年的扎尕那，就是我们眼前云雾缭绕的山峦和村庄。

我们看不到，那本躺在伦敦大英博物馆里的日记，笔迹是多么的艰辛。

我们想不到，在怎样的场景下以香皂、黑糖交换酥油和牛肉干成为互动信任的礼节，挂在他脖颈上的照相机，又是引起了怎样的围观、惊恐和好奇？

如数星光，他从这里带走了几十种珍稀植物的种子和标本。许多人慕名而来，包括我写诗的朋友感叹爬山不是爬格子，一路上你气喘吁吁。

我的讲述只是个大概，请试着记住华榛、桃儿七、绿绒蒿、旌节花和毛杓兰……不过许多长得太像了，回过头你又混淆了它们的名字。

到底有多远——我说：

从这里到这里，地图上的距离，经风吹日晒，会让你的脸颊脱一层皮。

榻板房简史

那时的羊皮书上人走羊道，口信闭塞。

眼目峰峦叠嶂，砖瓦乃世外稀奇之物。

往木头里建房的人，钟情于每一棵树，不用掌灯，乘着月光就能开锯动凿，叮当之声响彻天明，院中刨花堆积如雪。

家族的承袭，传男不传女。我见到的一位，习惯眯着一只眼丈量的尺度，在憨笑中丝毫不差。

他惜怜死，只选择砍伐干枯的树，他要让它们以另一种模样活着。

生活中的盘根错节，他了如指掌。

木头解不开的疙瘩，他能解开，风干的伤痕他要雕成不败的窗花。

雪白的斧光翻飞，最拿手的绝活是立于墙角薄如刀片的榻板，需晾晒两三年之久，才能成为一个家的筋骨、遮风挡雨的屋脊。

对于木头，他孤身一人喋喋不休。

对于女人，他口吃结巴手足无措。

想要让他改掉这个坏毛病，就如抽刀断水。

解读狐狸

狐狸的出生：可以追溯到民间，追溯到一棵歪脖的老柳树下。

自古以来，狐狸就是美艳的女子，赶考的仕途就是面容窘迫的书生。

我最早对狐狸的认识，仅限于小学课本：

一块乌鸦嘴里叼着的肉，一片狐假虎威的绿色森林。

而日常，我们见不到狐狸。

谁又能领悟她的孤独和悲伤？

一场精神的艳遇，游离于我们的生活之外。

夜半挑灯，清风徐来。

狐狸说：妹妹，也只是个传说。

在猎人眯成的三点一线里，弥散了一团尘雾中的哀鸣。

女人们喜爱一狐之腋，却咬牙切齿憎恨狐狸成精。

那么多的修辞在堆砌：

风骚。画皮。梦魇。形销的枯骨。……

总不要拿狐狸的尾巴说事，就是和自己的短处过不去。

解读狐狸，天已高，地已远。

深秋的白桦林，落叶纷飞。

拉近了其中一只向这边凝望的眼神……

原载《星星·散文诗》2024 年第 2 期

南山寄 [组章]

若 非

南山见

一座山杵在那里。像那个从乡野里走出来，第一次面对庞大城市的少年。

他沾满泥土的双脚站在城市边缘，脸上写满慌张、懵懂和生涩——脚步笨拙盘桓不前，不知道下一步迈向哪里；舌头打结一时无言，不知道下一句该说些什么。

城市毫无表情，一日日向一座山蔓延。

作为城市的触手，大道首先伸了过来，试探地抚摸了它。楼房紧跟其后，在山下安营扎寨。人们从老城区出逃，搬来卧室、客厅、书房，也搬来了菜刀、砧板、锅瓢碗盏和柴米油盐。而山上的人们，连夜携带被褥，铺在山下新长出来的楼房里。

有人向它靠近，有人离开了它。再爱它的人，终在山下止步；它爱的人，终选择了离去。它被重新命名为南山，只因居于城南。

作为过渡，南山连接城市与山野。翻过它，有些人回到了过去，有些人消失在远方。一座山可以是一条河流，也可以是一条隧道，连接了过去与现在，通达了故乡与远方。

我是那个从乡野里走出来的少年。

从南山的另一边，无数座山排列的棋局里，带来了泥土、野草和牛羊的粪便，带来了低矮房檐下的笨拙和卑微，身体盛满沿途的露水与风景，来到靠近城市的一边。

当我站在城市的边缘，踌躇不前时，南山默默地站在我的身后。让我想起第一次离开村庄时，父辈的眼光，静静地守在村口。

装修记

从寒冬到暖春，我都在南山下忙着装修尘世的居所。

为了掩盖满屋的粗糙，我刮上沙灰，抹上腻子粉，涂染各色油漆。引水、通电，以使一百多平的狭小空间，亮起万千灯火中的一盏，飘出美味的一日三餐。

劳累时，便坐在窗前，看不远处的南山。巧合的是，高高的南山也正默默地望着我。

我忙着装修居所时，人们正忙着装修南山。

他们平整山脚的土地，修建健身跑道、休闲广场、篮球场、儿童乐园和公共厕所。在山上，他们砍掉一些树木，铲掉草皮，开垦道路，树立路灯，修建栈道和凉亭。

当我把电视机、沙发、茶几搬进新居，似乎整个毕节城的人，都来到了南山，他们拥挤热闹，庆祝南山装修完毕，从一座野蛮的山变成人们乐于前往的休闲山体公园。

被装修的，何止居所和南山？

这些年，我身上的懵懂和笨拙，早已被时代无形的利刃修理掉；来自原乡和骨血里的习性，多半被尘世的大风吹得不见踪影。

像乌江边上的一块固执、坚硬的顽石，染上圆滑、世俗的色彩。

每一个夜幕降临，我的居所与南山，总会默契地亮起相似的灯火。

这时，我会坐在阳台上，默默看着南山，而南山也看着我，像一对近在咫尺却又相顾无言的孪生兄弟。

废 道

荒废的道路无人问津。它从哪里来，又通向何处，已经无人知晓。

人们从山上下来，携带餐食、矿泉水和遮阳帽，带着家人、情人。南山只有一座，上山者目的各有不同。

没有人真正在意一条废弃的道路。俗世的人，都一样爱宽阔平坦的大道。每个人都在路口望上一眼，然后摇摇头，留下一声叹息，拐上另一条宽阔的道路。

像一个久经沧桑的老人，废弃的道路一定有过丰满的故事。它走过猛虎，也一定走过胆小的野兔，走过商人、农民、学子、官员，英雄和美人，盗贼与野兽。有一对年轻的男女，曾在夜色里草木皆兵。

人类的足迹层层叠叠，密密麻麻的脚步汇成奔涌的河流，但所有足迹正在消失。荒草无法无天地长，要不了几年，整条路都将消失于山野，像不曾存在过。如同那些走过的人，消失在路的尽头，再无人记起。

在南山，我曾不止一次面对这些废弃的小道犹豫徘徊。想随它而去，看它能通往何处。是桃花源，还是荒芜一片？但我又一次次掐灭这蠢蠢欲动的念头。

我哪，爱任何一条道路，无论开满鲜花还是长满荆棘，无论人们趋之若鹜还是避而远之。但我已经遗失祖传的夜行草鞋，沦为俗世大多数中的一员，只敢踩着别人的脚印，谨小慎微地行走。

南山寄

山下我庸庸碌碌，身子里塞满房贷、车贷、学费、公文、传真、先进典型材料、会议报告，它们演变为肩周炎、腰椎间盘突出、心肌劳损、三高、失眠和肥胖。

到了山上，便被清风镂空身体，露水淘洗，阳光暴晒，野花香涂抹，然后两袖翩翩，身子轻盈，与一只大鸟比试飞行。

每次进山，都是一次问道。

南山有名师，是高的青松、矮的铺地柏，酸的杨梅、甜的红树莓，美的山杜鹃、丑的萝藦……

南山广邀万物，授我以入世的卑微和隐忍，也教我出世的孤傲和清高。

我常借高楼之高，与南山相望。南山宁静隐忍，有宽容之心。而我多无聊躁动，多狭隘的偏见。南山给我以疗愈，抚慰，宽怀，镇定。

这些年，我见山是山，见山不是山，见山还是山。

南山多妩媚，而我不过是肮脏的凡躯。所以我一次次将自己打开、分解、辨识、解读、清算、梳理，如同一个赤身的孩童，徜徉在母亲温柔的眼波。

光阴皎洁。南山与我相互为伴。

我丢失的那把钥匙，不能打开第二扇门，它将成为一块废铜，终有一天被我遗忘。我流下的那些眼泪，不会在另一个地方重流一次，像抛出去的水，再无法收回。

我沉默无言的午后，失声痛哭的深夜，南山知道，但不会有第二个人知道。

这些年，我日日捧土，在心里垒一座南山。

它矗立高天之上，豢养神鹿、仙女、灵兔，一面澄澈的湖水，静养我的另一半面孔。无论苍茫路途走到哪里，南山都给我默默支撑。

因为懂得，我便接纳了自己的许多平庸，隐忍了俗世的许多不公，宽恕了人间的许多罪恶。

原载《星星·散文诗》2024 年第 6 期

热 雪 [外一章]

赵 应

一月尾，独自一人站在深圳湾区之光摩天轮下看雪。

两台造雪机轰鸣作响，联手吹出价值不菲的热雪。

这是"雪"。是既分门第高下，也以分秒计算价值的热雪，

炎热之雪。受宠的工业之雪。虚假结晶、真实开花的拟物之雪。

鱼鳍状异形大立架独自在夜空中屹立，面色冰冷。

但它依旧幻想着遥远的二十八星宿，有朝一日降临此地，聚雪成塔。

这座塔乘坐雪橇，自珠江口东岸一溜而过，目睹二十八个满载的太空舱胶囊，旋转一圈恰巧是二十八分钟，

二十八个面无表情、手脚冰凉的游艺机器人，在一百二十八米的高空被热雪轮番挫伤。

我就是人群中最显眼的那个积极抢食热雪、震撼女人和孩童眼睛的北方男人。

摩天轮下未曾被热雪冲刷干净的商业街区，就由我来反复擦洗，

那些仅从完好无缺的手柄处断裂的伞，就任由它们无视海水寒凛、热雪飞扬，

活生生遮蔽掉地球上所有下雪的夜晚，以及一切乐于露天表演和全景观看

的五官。

持续数秒的雪盲症间隙，我看见一群软贝浮出港湾中央水池，

它们整齐地站在高楼阴影下，回望时间之衰，又在内心的沸腾和欢乐中悄然自行沉没。

我看见一个属于新兴工业的时代在远山淡影中出现了：

在我瞳孔中央豢养多年的一大片老旧园区，原本锈蚀的齿轮低调换新，继续向着历史最深处加速转动。

那些被工业淘沥过的大江大河，你的浪花还翻溅得起来吗？

你的继续向增加值冲刺的工业热雪纷纷落下，恰巧南国制造出又一春。

我也是时候收起梦中的炉灶，收起薄凉的额头和单衣，在北方雪野的脊背上遍插城市灯光，继续低头疾走，

是时候抖落这一身疲倦，口嚼一捧热雪，痛饮一碗姜汤。

跑步穿过沙头角中英街

正午耗时五分钟，一个人跑步穿过沙头角中英街。

乌云将海水生生撞碎，一道无形的栅栏从石碑中央延伸，险些将我的肉身和灵魂纵向一分为二。

大大小小的零食和药膏自我贩卖着：隔世的叫卖声在街道尽头停止，

这吸纳了万古愁的集市，开始在我满目雪白的视线中袅袅上升。

我在水泥堤岸上无言枯坐：但一棵光绪十四年植下的榕树从未提前衰老，

它曾遮蔽过客家挑货郎头顶的凉帽，也遮蔽过异乡人手中反复勘界的一卷皮尺。

我内在的警钟长鸣着，呐喊了一千遍的火焰终于跑到了皮肤表层，

檐前垂下的小黄花，此刻正顺着两条异域分身的污水管道攀附向上。

潮水无声退去，红树林露出水面。

彼时我开始想象自己穿过沙头角骑楼，登上码头废弃的船，转头看见一位
昔日同村乡里的僧侣正快速捻动佛珠，

他脚下的新鲜苔藓闪闪发光，预示着明天我将正式衰老；

我有时也幻想着把自己培养成跑向历史的无情机器，

耗时五分钟创下新纪录，同时也将跑向街道深处的另一个自己重新拼贴
完全。

原载《星星·散文诗》2023 年第 12 期

我体内藏着旧时的山水 [组章]

张向军

匡庐图　五代·荆浩

庐山巍峨叠嶂，似你立的一道巨大的屏风挡住世事荒乱。

山谷密林处的院落，可是安放你归隐凡心的洪谷？你在谷中挥锄种菜，捧卷读经，看云卷云舒。

大山大树，皆是全景水墨，气魄恢宏，只有那细细的山溪流向低处，汇入更低处的湖泊江海。

而人间是最低的所在，一人一驴悠然而行，劲松挺拔的汀洲渔人驾小舟靠岸。

屏蔽了荒乱，人间就剩宁静安乐，你在宁静安乐中以一卷《山水诀》，参悟世间山水，以苍古笔墨画山，画水，画树，画云，画策杖的行者。

·山石刚劲，云水缥缈，你向世间呈奉的永恒的庐山让我们永久仰望。

秋山晚翠图　五代·关仝

亘古的群山高耸，如教堂巍然屹立。

仰望，山不语而时间的风声在耳旁呼啸。我似乎看到峰峦之上烟云在涌动，一股磅礴之气在胸中激荡。我仿佛看到苍穹之上的群星，亿万年闪耀，辉光铺满山岗，清冷静穆，给我无尽遐思、启迪、幡悟。

这是北方群山透骨的苍凉，这是秋暮的群山，秋山寂寂，秋风萧瑟，寒林秋树承接星光和霜露。巨岩下的黄叶点染秋色，我步入山中，我是赏秋之人，吟咏秋光，看叶生叶落自我轮回。

山有多高，水就有多深情。一泓溪流从山腹涌出，仿佛在吟诵山的诗章，一会舒缓低回，一会澎湃高亢。涧鸣声声，山水琴瑟相和，仿佛来自天籁的时间的回响。

山有多高，我的目光就有多远。漫长的时间轴线上，你眼里的秋山即是我眼里的秋山，千万年依然如此绚丽苍翠，如此雄伟而苍凉。

溪山行旅图　北宋·范宽

在一幅画前面壁，画中山峰突兀傲然，像一座翠墨的宫殿，像宇宙的中心。

山腰云雾缭绕，增添神秘想象，太古的寂静笼罩，而流泉飞瀑于浩大的寂静中反向疏导。

寺庙——信仰的后院，隐于山中，散发古朴禅意。

行旅之人微如蚂蚁，赶着驴队踽行。漫长旅途，人与驴同在承受生命的重负。

隐于丛棘的人影，面目模糊。他是谁？你抑或我？要给一个怎样的命名？竹杖芒鞋踏遍山水，只为寻道？只为仰望不可及的峰岳宇宙？

远方苍茫，谁能预测旅途中的意外和艰险？谁又能参透烟岚背后深藏的奥义？

或许行旅只是宿命的过程，是一场摒弃意义的征途。

水图　南宋·马远

水在聚集，在流淌，在汹涌，在漫漶……

从远古的蛮荒，流到上古，流到春秋战国，流到大宋。上善若水，利万物而不争，水蕴含广博的哲思。

十二幅水图铺展，那是液体堆积的水的旷野，是中国南北水的集结，是中国水美学的集体展示。

粗重的线条勾出喧天巨浪，浪花翻卷、腾跃，那是来自天上的黄河水，从李白的浪漫胸腔溢出，带着原始粗犷的生命力咆哮着冲破一切阻障。

流利的线条勾出层叠水波，那是长江开阔浩瀚的江面，江水层层推进，宛如水的梯田，兼收并蓄后浪推前浪，朝着遥远的大海奔涌。

起伏的线条勾勒细密柔婉的波浪，那是碧波万顷的洞庭水，粼粼波光仿佛湖面披着鳞甲，不急不怒，绵绵推涌至水天一色的远方。

轻快的线条画出柔曼的水波，那是西子湖晴光潋滟的柔波，湖水盈盈，水波跳动，浪峰涌起，江南水的柔情在轻轻荡漾。

粗重凝涩的颤笔画出咆哮的浪头，那是云雾下的沧海云舒浪卷，那是东临碣石，以观沧海的曹孟德胸中涌起的洪波。

稀疏的线条回旋起伏，那是清浅的寒塘溪水潺潺流动，"晓发梳临水，寒塘坐见秋"的朦胧水雾中，袅袅秋风牵引延绵不绝的乡愁。

"秋水回波"，水的灰瓦；"层波叠浪"，万马奔腾的背脊裹挟飓风；"云生沧海"，水像云的垄沟，云的丘陵；"细浪漂漂"，水编织的网；"晓日烘山"，水的流光，浮光掠影……

水，生命之水，与光碰撞，交织；水，智慧之水，孕育博大浩瀚的思想渊流。

水折射出时间的动感，中国之水经五千多年的流淌，运化出一支磅礴的血脉。

容膝斋图　元代·倪瓒

一水两岸。水是太湖，岸是此岸与彼岸。

湖水洁净，天空洁净，画者云林之心洁净，天地清明淡远。

此岸土丘乱石，三五枯树，汀渚沙洲，无舟无楫。

一座岑寂的空亭。空亭之小，只容得双膝；天地之大，容得宏阔胸襟。

空亭里的他和我们，曾路过繁华的山水盛景，最后终究归复于平淡。

中年后的清寂目光，有着地老天荒的寂寞。

彼岸空茫。远山疏淡，一丝云影飘过怀乡的惆怅。远方藏匿无法追悔的过往，藏匿无法触及的隐秘。

水，是天地间的留白，是空。你可以想象太湖烟波浩渺，你置身巨大的空，唤醒内心的波澜。你可以填满空，拆解繁复与简约的藩篱。

春雨杏花，夕阳秋影，时间在一幅画中抽离。人间烟火，世间名利如湖上秋风散去。

白茫茫的天地之间，只剩恒久的寂静，道法自然的天真。

墨葡萄图　明代·徐渭

葡萄架下，一场墨戏正在开演。

枝蔓横生，葡萄叶在风中凌乱，如你一生潦倒却保有疏狂傲物的骨头。"半生落魄已成翁"，岁月已然老去，寄于藤下的葡萄却依然晶莹剔透，如珍珠垂挂，啸晚风，啸晚岁。

纵如此，又何妨？你已窥悟墨戏的精髓：破笔、躁笔、断笔随性而来，笔法跳、戳、拖、钩，如雨溅飞雪，暮鼓声急，你用笔墨淋漓放纵内心难驯的狂野，宣泄生命的悲歌。

墨韵翻飞，如人生起伏，作画亦即写戏，葡萄藤下闪过一幕幕荒诞剧、悲喜剧；笔墨浓淡，人生冷暖，你是观众也是自己人生的导演。

你是否用恣肆的墨色掩去了尘世的风烟，角色的荒腔走板？葡萄藤下是否遗落了你的唏嘘短叹、苔痕梦影？

罢、罢、罢，悲苦也罢，恣肆也罢，生命的烟云散去，你的大戏落幕，天地的舞台只剩这饱满晶亮的葡萄——带泪的明珠，傲然闪烁着生命的光华。

梅花册　清代·金农

春是一种妄念，于是你躲避春天，寄于梅下。

梅瘦，笔也瘦，你执一支瘦笔写梅。

写几朵墨梅缀于时间的老根，冷艳孤迥，像夕阳在天际留下的残红。

梅花从指缝间飘落，光阴的羽毛不露声色。

梅影如梦，石一样默然，月一般孤寒，村烟一样缥缈。

布满空山的梅香该怎样写？冷香如酒，醉人生须臾之旅，牵引一位画者渡到精神的彼岸。

灵岩山图　明末清初·恽寿平

你用简淡的笔墨描绘了灵岩山和太湖的一个截面，但你说剪取的截面已具足了山湖的全形全貌。你总是这样，保持一颗素心，力图勾勒出山水本初的美，这种美不加修饰、雕琢，淡去时间的痕迹。

如果山顶的宝塔是你所追求的简淡荒寒的哲学，你必将沿着满是荆棘的小径素履而往。

你创建了自己的法则和秩序：没骨法或冰雪般的澄澈，冥鸿般的哀怨；山水自有其幽冷荒率的根性。

风在高枝而法则在峰巅。在山顶独临秋风，你一定望见了故国的山水如太湖般迷离凄恻。山水有你生命的悸动，你借山水践行自我的法则和秩序：逸笔草草画出荒乱景致，笔笔皆有寒鸦暮色之象。山有起伏，水有韵律，山水气脉流荡贯通自具琴弦弹奏素音。

山水之音静古，若连若断，听者潸然。

而在峰巅之上是无尽藏的虚空，望断苍茫，所见空灵荒古诸相皆是须弥。

原载《散文诗》（上半月刊）2023 年第 11 期

辑 六

或许孤独 [组章]

陈计会

卵　石

它独坐在阴影里。河水远去，留下它一圈圈不规则的皱纹，犹如时间的斑衣。

当你赤足于清冽的水里，老远就看见那只蚌，被流水雕刻。

捡起：灰褐、沉甸，流畅而复杂的线条盘桓着坚硬的质地，裹紧不可言说的岁月。

地震，或泥石流，或山洪，你寻不到丝毫的踪迹，却有满目暗示。命运是暗处的手。正如某年某月某日将你推到千里之外的赤水河边。

当你弯腰之际，你轻易穿越了亿万年时光。

所有的秘密被你紧紧攥在手里，犹如命运。

白银树

在细雨中我遇见这棵白银树，在朋友的宅旁。翁郁、墨绿，叶子密密交织着雨雾，显得几分神秘。朋友说它是移植过来的。我不知它来自何方，也不知为何在此与我相遇。遇到一棵树与遇到一个人一样，是有缘由的，但往往无法解释。

在目光相握那一刻，我被它叶间累累的果实所吸引，它经过了多少风雨才凝结而成。浅黄色的果实密密麻麻地拥抱着，好像透出生命的无数秘密。我恍然有悟。

秋雨继续下着，我记住了一棵树以及雨中闪亮的果子，它葱茏生长的姿态。

一些脸孔会在我的记忆中逐渐清晰或模糊。

你抓住那片值得珍藏的树叶，直到你的目光没进它的叶脉里。

灯 光

它是属于夜晚的，并且是夜晚的重要组成部分。

它有母亲的手掌，有流水的抚慰，甚至有空气弥漫的香味。

它在夜里生长，或亭亭玉立，或凌空高蹈，或俯下身来亲吻你，用蒲扇大手将你庇护。

当它以流水的姿态淹没你，你将自己的影子踩在脚下或涂在墙上，你的脸熠熠生辉，黑夜也因你而生动。

如果你摊开手掌，你可看清上面的河流、山脉的走向，这与命运相关或无关。在那背光的一面，是被黑夜所占领的，命运更不可知。

光可呈现你的脸孔，却无法呈现你的内心。

或者也可以这样认为，灯光是夜的面孔，夜的内心被阴谋掌握着，那是一匹巨兽。

另一种书写

雪白的纸上匆匆留下一行行文字，从左至右，迅捷而有力。笔尖犀利，它所抵达的地方，弥漫着热烈的味道，但不见硝烟。

那支笔斜在书桌边上的笔筒里，被一双清瘦的手取出并紧紧握住，几根手指并拢犹如榕树的虬根。它瞬间积聚着力量，好像要在漆黑牢固的堡垒里寻找突破口，让被遮蔽的事实吐露真相，或戳穿一个编织严密的谎言。

笔杆指向一张冷峻的脸，以及紧锁的眉头，尘世的风霜聚拢于此。每一粒文字都带着目光里的火焰落到纸上，让人灼痛。它与眼窝的湿润相关，与嘶哑的声带相关，与风雨中趔趄的背影相关。

写到最后，在空白处，那只手重重地写下三个字——控诉人，并狠狠地点了两点，差点让白纸受伤。然后，笔递到另一只手上，只见那寒风中的松树干颤巍巍地接过，歪歪扭扭地签上名字。那名字却像台风中倒伏的庄稼，无力地奄拉在泥水里。

良久，寂静中传来一声长吁，两只手紧紧地握在一起。

故　乡

有一个地方，我的脐带与她相连；

有一个地方，我的落叶在她脚下；

有一个地方，我一出生就是为了逃离，

让荒草淹没身后的脚印。

不知是我抛弃了她，还是她驱逐了我？

我无奈地目睹她的鱼塘被覆盖，临盆的水稻被覆盖，蛙鸣被覆盖；我无法阻挡，她的春天被覆盖。

那一台台凶猛进犯的推土机，那一张张印章鲜红的横蛮大字报，我无法阻挡愤怒的脚步，拉警戒线的手在颤抖。

然而，我的笔管里驻扎着一个旱季。

我无法清除覆盖喉管的泥土，也无法清除自己身上的罪过！

也许，从此我注定无家可归。

不管是我抛弃了她，还是她驱逐了我。

我们都是绝望的一方！

没有谁能从一面镜子里返回！

原载《阳江日报》2024 年 9 月 24 日

鹰继续向我说 [组章]

耿　翔

去格尔木

去格尔木。

去冷雪的昆仑山，遥望一片盐湖的格尔木。去一群骆驼和火车，都在高原上，赶路的格尔木。

去昌耀，一个人去过的格尔木。

那是诗人，在流沙追赶着一列孤独的火车上，为看见一些远去的事物，而心痛地要描画上一片，叶子的格尔木。那些柳框，那些在很多人背上，纪念碑一样的柳框，借了谁的生命，在高原上重绘：只此青绿。

多年以后，被诗人哀叹过，那片没有遮阴的土地，已被蔓延过来的草场，染绿的格尔木。那些浪迹在，云朵下的牦牛，高原一样隆起的身上，翻腾着一片，水色的格尔木。

那些头戴角状羽毛的哈萨克人，也替诗人在火车上，看见遗弃在路边的柳框，而想起它的主人，像清点牦牛一样，为之清点盐湖，清点盐湖上，云朵的格尔木。

去格尔木，去看因苦难，而曾活得可爱的诗人。

在他离去的高原上，谁陪伴风，还在放飞，那只鸽子的格尔木？

青海湖

青海湖，谁从昆仑山上，取下的一片冷雪，融化在高原低洼的地方？

牛羊来了。像牛羊带着高原上所有转山的人，用冷雪化成的湖水，把他们被日光灼伤的眼睛，清洗干净，送给一片草地。

那些油菜花，也汲取湖水里的金黄，正开上云朵，拥挤着的山顶。

青海湖，在昆仑山带着对人世的念想，突然上升的时候，被抬起来的高原上，一只鹰的翅膀，迅速投射下来，像浮在一瓶净水里。

而万物的呼吸，万物的血液，被一片冷雪之水，养在高原的怀里。

青海湖，沿着大地留下来的每一个阶梯，正给千里江山，逐级缝制着一件：云水之裳。

一生要去的地方

一生要去的地方，那是大雪，落得最厚，也最干净的地方。

大雪消融。被大雪捂热的高原上，每一片草地，都想在自己散发光芒的身体里，为地上的牛羊，生长奶汁一样香甜、一样圣洁的牧草。一片湖水，也从色彩深染过的天空，摘走多余的云朵，只留下神秘的蓝。

这个时候，天空像空了下来。

大地像在一群牛羊的身体上，突然拥挤起来。

一只鹰，也在它的领空，静物一样昭示我，最好骑上，一匹牙口很新的白马，从一片起风的，草地上撒蹄，在一片湖边下来。

让身体一生一次地，穿过神的高原。

这是一生，要去一次的地方。

一群牛羊，也在草地上等我。

停下来

没有被一头，站在草地上的牦牛注视的时候，它身后的那些事物，都不会停下来。

牦牛站着。昆仑山在远处，盐湖也在远处。

只有我隔着一片草地，在它雕塑一样的身边，看一朵云，贴着它黑色的身体，想把自己裁剪成牦牛，此刻站在大地上的样子，带着它的一身行头，或风气，回到天上去。

　　那是牦牛，也是云朵。

　　那是地上，也是天上。

　　那是我在高原上，看见的一座被众神，微缩在一头站着的，牦牛身体里的昆仑山。

　　与它身后的万物一样，我也祈祷昆仑山，能被一头牦牛注视，然后在高原上，一个人停下来。

高原睡了

　　高原睡了。

　　高原睡在一群牦牛白天吃过的一片草地上。所有的歌声，也闭合在花朵里，越来越远。一辆被月光，用冷色雕刻在昆仑山下的卡车，捎上我也冷下来的身体，在高原上，陪伴长途司机，寂寞地夜行。

　　这是我在高原上，因贪看一群晚归的牦牛，而被大地搁置在它的夜色里。

　　坐在一辆看不见大地的卡车之上，我紧盯着天空里仅剩下的月亮。只有车灯，像睡了的高原，最后睁着的眼睛。

　　这个时候，像有冷雪飘洒的高原，也越来越远。远到一片草地，埋不住一头牦牛卧下去的身子。也远到我，在一辆卡车上，接近不了住过的人家。

　　高原睡了。睡了也不忘让醒来的夜色，把我和一辆卡车，在它的身上雕刻得再微小一些。

鹰继续向我说

　　带我上高原。

　　一地青稞，一地能把缺氧的高原，酿成酒的青稞，带我上到神的地方。

一地青稞，一地在距离天空，和鹰最近的地方，像从人类的头顶，与神握手的青稞，此刻漫过，我被云朵擦洗得，能够透视一切的眼睛。

看着一地青稞，表示我从神的手里，收到了高原。

这也是我，命里注定要上到的高原。一地青稞，它可以让我与一只鹰，在天空展开对话。

鹰说：青稞，不怕高原上缺氧。

鹰说：青稞，也不怕高原上寒冷。

鹰说：青稞，只怕高原上还不够高。

代表一地青稞，在神的高原上，鹰继续向我说：

一种作物，只在离太阳，最近的地方生长。

过日月山

过日月山，一次对于远嫁的隐喻，正在一头牦牛身上，和一堆玛尼石边，让我停下来。

我从长安来。我是追着一个远嫁之人的身影，来到与她有关的，两座山之间。风吹着，在她身后生长了，一千多年的草地。也在她丝绸一样的呼吸里，吹着她，走过的日月山。

她是带着千里江山上，一草一木殷勤地，下过的帖子，来过日月山。

那些镜子一样，被她放在身后，照彻高原的山，都应叫作日月山。都应藏着，她洗梳后，从发髻里，省去的银簪。

过日月山，追着一千多年的如烟往事，我只能在玛尼石，或牦牛身边，坐上一会儿。

因为日月山，早被日月缩短了。

一块昆仑玉

昆仑山也把自己，戴在一片蓝天下，是一块玉，一块映照日月的玉。

昆仑山啊，为众神，修炼自己的身体。

以冷雪修炼，也以羯羊，凝成山体的羊脂修炼。那些飞过，狂雪中的昆仑山上的鹰，也舍出了，巡视过大地的鹰之眼，以高光去修炼，一块玉的亮度。

一块昆仑玉，也是一天冷雪，也是一山羯羊，也是所有被鹰，俯瞰过的万物，在众神的目光里，修炼出来的，一个世界。

而佩戴着，一块拇指一样大小的玉，我也感觉得到，一座玉的昆仑山，像被众神，高贵地，移到我的身上。

原载《星星·散文诗》2024 年第 7 期

每一瓣雪花都是圣洁的天使 [外三篇]

郑天枝

深山里的那一场春雪，下得轰轰烈烈；每一瓣雪花，都是圣洁的天使。夜晚的月亮，在天空分享突然降临的至善至美。

站在雪地上一动不动，任凭雪花抚摸饥渴的皮肤。此时的我，一无所有，却又是异常的富有。我什么都不需要，只祈祷雪花带我回家。

深夜里，雪还在飘飞，寂静无声的感觉真好。一盏灯，一个拉长了的身影，倾斜的物体，倾斜的脚印，倾斜的时空。

有人在睡眠中露出甜蜜的笑容，有人轻轻歌唱不确定的快乐。雪花依旧静悄悄地飘落，即便是疑似的沦陷，也该属于静水流深。

相视一笑，知音漫客。深夜里的花朵，漂亮性感极了！因为不忍亵渎雪花的圣洁，保持各自的完整，才能体面地回家。

所有的门都关闭了，所有的门又都被打开。时空在开合之间，找到了最佳的居所。雪花依旧无忧无虑，若有所思的人，让失眠成为美好的回忆。

那一场春雪，来得快，走得也快。雪花不是过客，雪花将天意难违的相遇，镌刻在一个人的寂寞里，并在骨头上绽放出雪花天使般的笑靥。

春秋各自芬芳

春雨淋湿了一个人的寂寞，孤独如同身影格外地温馨。

仰望星空时，鹅掌楸的花朵，既低调又奔放，有人形容为既神秘又热情。

春天时节，鹅掌楸的叶片翠绿，绿得有些触目惊心。也许，在经历过久长的冬季，压抑中的憋屈，孕育时的抗争，需在春天宣泄。

你看，风中飘飞叶片，是绿色的旗帜，更是绿色的火焰。

谁笑得最甜？鹅掌楸的树干、鹅掌楸的根。在深秋季节凋零的叶片，如今跃上枝头，鹅掌楸的孩子们，都回到母亲的怀抱里。

夏天的成长，是为了秋天的别离；极不情愿是如此的安排。轮回，皆是天道，人对此无能为力。

收拾好悲悯的情怀，追忆在秋天和鹅掌楸的美好相遇。回忆是一杯酒，也是一道茶。

深秋季节，鹅掌楸的叶子开始变黄，风中舞动金色的笑声，似乎比春天更加欢唱。秋阳中摇曳的叶片，将鹅掌楸难舍难分的别离之情反复排遣。

我时常站在鹅掌楸的身旁，仰望天空，飘飞的黄色叶片，酷似放飞的蝴蝶。此刻的风潮湿，心也会弥漫着别样的情结。鹅掌楸的花朵，努力享受着眼前徐徐舒展的幸福。

春秋各自芬芳醉人。一朵花，一棵树，一片叶子，一个人，都会有各自的归宿。

不老的心情

蔷薇花开得恣意妄为，让春天情不自禁。春雨霏霏，那不是雨水，是蔷薇花喜极而泣的热泪。

仰望了许久，正好有花瓣在空中飘飞。花朵绽放的最好时刻，往往预示着花朵即将"卸妆"。

"卸妆"如同"谢幕"。这样的词，多少会让人感慨万千；尤其是有过很长时间沉浸在高光时刻的人，不一定能较快适应谢幕后带来的"后遗症"。

我不是蔷薇花，无法抵达花朵的内心，更难以解读蔷薇花凋零时的心情。当然，一个平头百姓，自然而然地难以揣摩有过高光时刻的人，在谢幕后过着寂静无声日子时的心境。

花开花谢，自然而然；生老病死，却包含着许多的偶然。时也，命也，始终被一只看不见的手操控。人生如花，却很难抵达花朵超然物外的境界。

人生易老，看得见摸不着，时间注视着意料之中或意料之外的变化。活着，实际上只是一种无法预知的生存状态；谁都难以预料明天会发生什么事儿，"活在当下"看似简单，实则如同漂移的云朵。

世上美妙的风景遍地皆是，可以用脚抵达，用眼睛欣赏，用心灵回应。其实，风景就在那儿，等我们去交流、去撒欢。

蔷薇花在风中含笑不语，我有忘记年轮的快乐心情。

渡

一夜的雨过后，水天一色的美，在停泊的小舟上泛着光彩。

仿佛一切都处于静止的状态。昨夜的那一场狂风暴雨，似乎不曾发生过。

小舟离岸很远。岸，是一种指代；当物我相望时，诗意的颠簸，最会让人释怀。

云彩，在变换中完成蜕变。一个渡字，表达的不一定是禅意。谁能将乐活这个词，演绎成水深火热。

不曾发生过，也就没有离开。既然拥有过，又何必耿耿于怀。

一叶孤舟，在云水之间自渡。也许，醒来时，云朵早就不知去向；水流兀自弹奏心曲，酷似人的自言自语。

还会下雨吗？风，会不会再次推波助澜？

一叶孤舟，是选择继续寻寻觅觅，还是安枕于自我陶醉时的搁浅？

原载《文化时代》2024 年第 6 期

浇筑楼房的民工师傅 [外二章]

荆卓然

将钢铁的铠甲披在身上，把阳光的精华涂在脸上，民工师傅的骨骼与钢铁的骨骼手拉着手，等待着滚烫的血浆，来浇筑折叠起来的长城，保护我们的梦想与梦乡。

民工师傅是传说中的钢铁侠，导引着一条蚕，把内心的激情，在地图上织成中国丝绸。

这些水泥、黄沙和石子浇筑起来的墙，皮肤上的盐碱痕迹，是修楼工人的汗液，散发着五谷的香甜。

一座座楼房，是民工兄弟的群雕，能阻挡刺骨的寒风，却挡不住某些人冰冷的白眼。

安塞腰鼓

藏在羊皮里的黄河与老虎，在黄土高坡激情四射的波段上，活力冲天。

热情奔放与粗犷激昂，在黄河岸边生根发芽，力透纸背。妹妹的柔软，哥哥的刚强，在竖版印刷的古驿道上春风万里。一万面鼓，亮起了一万盏红色的灯笼。

养几枚雷霆，驯服几道闪电，敌不过鼓声催开的一树桃花，可以启动痴情男女的心跳。

安塞腰鼓是一剂中成药，消炎、补钙、补铁，点燃了千军万马的雄风，散发着浓郁饱满的墨香。

陕北剪纸

红袄绿裤的姑娘，盘腿坐在一个古老的传说中，一把剪刀，上下翻飞，剪出了牛羊满圈，五谷丰登，吉祥如意。

剪一树石榴，多子又多福；剪一丛牡丹，富贵又芳香；剪一条鱼儿，年年有盈余；剪一只老虎，威武骨中生；剪一头肥猪，户户的月亮闪油光……

在延安我买了一把剪刀，专剪十二生肖，让这一窝一窝的日月星辰，女的怀抱春风，男的十指生金。

原载《星星·散文诗》2024 年第 5 期

秋熟是一朵温润的残荷 [组章]

张绍金

秋熟是一根绿豆芽

黎明是一根绿豆芽，朝阳惺忪着眼睛，从小白花的樱桃小嘴里探出身子。

秋，保持谷穗沉重的姿态，霜寒把山岩降低成海岸，把海浪升高成山峰。

秋风凋零时光。果香以孤寂集中裸露重阳菊花的心事，花儿色味俱佳。

善于赞赏的收割者策马昂首，收割鸭群在刚割过的稻田里追赶稻茬的快乐。

谷瀑细瘦如秋。丰收的喊叫声疼痛山巅，溅起的岭坡被太阳起伏的气息淹没。

秋雨蓄谋已久。星星以腮边那一行泪水冰冷喜极而泣的心事，葱郁出一派生机。

仍有许多努力争先的花草在霜露中渐渐新绿，并以此标榜自己。

菊花筑起田垄并镶嵌出金黄的傲色，农家院也镶嵌得金黄。

展示季节声音的落叶金黄得飞扬跋扈，把匆忙的日子金黄成老气横秋。

秋谷浸染的农妇头巾汩汩冒出蓝色的汗珠。

梳理时的汗珠不经意间甩出，一珠珠落地成河，日子就在溪水里哗啦啦流淌。

向日葵忙碌割过的阳光，是粒粒鼓胀的思想，磨亮弯镰，磨亮庄稼人的喘息声。

谷场上，八岁的新书包堆成一堆新谷垛，阅读的孩子坐在新谷垛上，稚声稚语扯长母爱扯长夕阳。

席草而卧的少妇，不时用眼神紧紧拴住碾稻汉子的鼻梁，紧紧拴住牛噪声，谷场弥漫出至爱亲情。

雁声打湿暮秋的黄昏，秋寒裹瘦月光。南飞的雁声长得绿茵茵的，此刻初冬的雾凇已潜近黎明。

秋熟温润一朵残荷

秋熟是池塘里一顶顶秋荷，虽不亭亭玉立，却如一座佛塔。

母亲推开旧门，乡情吱呀一声，亮敞了整间屋子。乡情，是母亲的絮絮叨叨。

北风掀开我的长襟，乡情紧贴我的心。我瘦弱的神经已多处割伤，家乡的雪坚硬起来。

家是故土那起起伏伏的峰岭，村口，爷爷一直站立成屋顶晚炊的烟。

拢一抱柴火，烤香一群光腚的童年，还烤熟林中的鸟鸣，以及满树黄焰焰的蜡梅香。

母亲把土屋连同日子收拾得干干净净，燃烧的柴火是一首诗。

院中最早醒来的是秃了枝叶的梨树，那扇怀旧的老窗，一口气花开花落了三十年时光。

母亲的目光浸湿山溪，提挈出来，绿了屋后坡地的麦苗。

阳光牧放的南山坡也牧放牛铃声，也牧放农家的希冀——牧歌青翠碧绿！

我的村庄，是母亲亲手扎成的一支山野花，是牧归的儿歌，是铺在山道上的蝉唱。

不知何故，最近总喜欢盯着那块光滑的大石板出神，似乎能瞅出个金卯银卯来。

那是儿时的小床、饭桌、课桌、牌桌，看着亲热。

秋寒温暖一池桂香

一场秋雨一场寒，人心因桂香才不再寒冷。 夏季施展出漫长的炎热手段，挥发人体汗汁——那是一种挽留。

秋天还在琢磨炎夏的清凉，一场秋雨，就把冬的味道递入你的怀中。

河边低垂的柳枝叶面无表情，而那只漂亮的野猫的喵喵声青绿如春。

院子里的桂花争先恐后盛开了，满树的粉黄，芬芳院子里的每一个角落。

一阵秋风吹过，桂花撒落满地金黄。拓荒人捡拾的秋叶都是金黄色的。

桂花的清香酿造的酒味把秋风熏出山一般的厚度，酒歌溢出到山外。

《八月桂花遍地开》，大革命时期最红的从大别山商城起义唱响的欢歌。

桂花是秋的使者，呼朋引伴，秋风携秋草、秋雨，滋润行人沾露的脚步声。

稻子归仓，旱久的土地渴望秋雨，赶走夏热，更要制造秋种时机。

柿子红了，黄得耀眼的那种红。种秋人的心情红了。播种的是大把的春光。

南瓜黄了，大豆黄了，农作物都黄了。农家的心情瓜熟蒂落了。

池塘里的荷花羞答答滴出寒意，不枯败是固守的一种信念。

荷叶还原池塘本真的素陋面容，绰约依旧，兀自立于田野最低洼的埂边。

夜色编织成一片树叶，给夜空打一块星星般的补丁，夜行人的喘息逼虫鸣潜伏。

天色不再兴奋，朝霞于暧昧的雾气中醒来，晨露、白霜，逼仄出山野空旷。

大雁在天空排成人字，再横成一字，一声呢喃便春暖花开。

雁声高过风声，高过白云，却高不过冬寒。

地老天荒的不是岁月，是翩翩飞舞的雁声，是掠过蓝天最白的那朵云。

故乡舞火绫子、舞花伞舞、敲丝弦锣鼓，踩高跷、滚高脚龙、酿糯米酒。

庆秋收，季节以民俗的精湛手持各种技艺，大显神通。

原载《郑州日报》2023 年 11 月 6 日

京郊四韵 [组章]

冷 江

永定河

如果说，北京人的根在周口店，那永定河，就是北京城的故乡。

2万年前的泥河湾用它无量的神秘冲破太行与燕山的阻截，铁画银钩刻写官厅山峡的险峻，千流归一积聚幽蓟平原的从容。

如果说，北京的脊梁在燕山，那永定河，就是北京城的魂。

千里之外的燕京山，是一位慈祥多爱的母亲，丰裕的乳汁哺育了汾河和永定数千年的命脉；北望苍苍茫茫的阴山，那大草原来的铁蹄声声犹在梦里；南凭浩浩巍巍的吕梁，那九曲十八弯的黄河远在天边。

如果说，北京是中国的眼睛，那永定河，就是北京闪亮的眼神。

枯藤老树挡不住700年前的风华绝唱，小桥流水掬一捧夕阳下古道西风；涿鹿之野，追寻旷古先民的足迹；莲花池岸，凭吊西周蓟城的残碑；西山之上，辽代白塔在风中静语；丽泽桥畔，金中都的遗址深埋尘埃；北土城下，西山古木千年风化；大都城里，永乐钟声响彻四方。

如果说，中国的心脏在北京，那永定河，就是中国的发动机。

龙的图腾从釜山的上空飘过，烽火狼烟下居庸关苍翠欲滴，龙泉务的白瓷光芒耀眼，琉璃渠的金瓦灿烂辉煌。门头沟的煤让北京城不再寒冷，石景山的铁让大中国腰肥体壮。

如果说，世界看中国，那永定河，看世界。

长兴店十里长街的灯火余温未熄，卢沟桥平湖晓月的清辉如水流泻；千军台昂首挺立的幡旗迎风招展，模式口古村落旁冬奥委笑迎五洲。

永定河，你从 5000 年前的龙争虎斗，捎来文明火种；永定河，你从 3000 年前的金戈铁马，铸就大城雄姿。

永定河，你是北京人做不完的梦；永定河，你是大中国唱不尽的歌。世界就在梦里相会，世界就在歌中悠扬。

青 塔

在大中国的地图上，你很难找到青塔这个地名。然而她或许已经静静存在了千百年。

也许曾经真的有这么一座青色的古塔，傲立于帝都苍茫的西山之麓。也许战火，也许洪荒，也许雨打风吹，她渐渐泯灭于时光的长河里。

在北京西郊，我们可以从这里向北遥望三山五园，青塔的存在，像一册线装书，散发着古朴的气息。青塔往西，奔腾的永定河携带来自西山的草木雨露，轰然南去，沿途有时泛滥成灾，夺走人畜庄稼；有时又波平浪静，一弯明月照卢沟，车马辚辚，驼铃声声。东南方向不过数里，金中都遗址上厚厚的夯土，仍然在执着提醒着人们，一千年前一个北方古国帝都曾经无比辉煌。

沿西四环辅路上，有一块光洁如玉的巨石，上面用王羲之行楷书写着"青塔公社"的字样。那些字迹如刀砍斧削，任凭风吹日晒，多少年了，还那么清晰，仿如昨日。我能够想象，当年在西郊这片热土上曾经上演的农业大会战的火热场景。而如今，就在这巨石旁，首都汹涌的车流正呼啸而过，历史的车轮滚滚向前。只有文字能够留住一个民族的沧桑，只有文字能够镌刻下人间的无数思想。

青塔，一个微不足道的地名，却像一个小小的坐标，锁定了中国一代又一代人前赴后继、络绎不绝的向往。

岳各庄市场

西四环里最后一个大型批发市场。联系着附近居民们每日三餐的各色花样，也联系着小商小贩、餐馆饭店升腾不息的烟火。西四环上的车流，到了岳各庄桥，就像汹涌的河水突然打了一个急急的漩涡，西四环辅路，因为岳各庄市场的凌空打劫，让秩序转为混沌，让漠然归于热忱。五花八门的广告牌开始抢占天际线，各式各样的吆喝声穿破喧嚣的空气与阳光下飞扬的尘土。交警骑着摩托、开着警车来来往往，消防员隔三差五背着鲜红刺眼的灭火器闯入眼帘。

如果说菜市场是一个城市的肺，让城市动起来，充满烟火的气息；岳各庄批发市场，则是北京西郊一扇会呼吸的心窗，她每时每刻都以其巨大的肺活量，投射着大北京的人情冷暖。

SARS来的时候，岳各庄市场封闭了，SARS走的时候，岳各庄市场开放了；禽流感来的时候，岳各庄市场封闭了，禽流感走的时候，岳各庄市场开放了；新冠病毒来的时候，岳各庄市场封闭了，新冠病毒走的时候，岳各庄市场又开放了。是城市离不开生活，还是生活离不开城市？岳各庄市场，像一个饱经风霜的老人，任凭喧嚣、任凭风风雨雨，我自岿然不动，让斜阳铺满高楼的屋顶，让鱼腥味、肉香味、腌菜的咸味飘满城市的角角落落。

小井村

在西郊的进京古道上，小井村有过辉煌的过往。曾经的御道旁，斑驳的御碑，依稀还能辉映五百年前天子出行的壮观。而当年乾隆皇帝渴极寻到的那眼小小的古井，早已随着一层一层的泥沙埋没于坚硬如铁的城市高速路下。当今天急如闪电的车流从上面疾驰而过时，有谁还记得，当年车马喧嚣，都归于何处？

元朝大文人马致远怅惘夕阳西下的古道悲凉，却不知，身后数百年，闹市之盛，早已改天换地。小井村，一切都变了，只有小井的名字，流传下来。越来越少的人偶尔回忆起她的源起，更多的人朝九晚五，进进出出，急匆匆地来又急匆匆地走着，就像什么也没有发生。

　　小井村已经渐渐坍逝于城市急速扩张的血盆大口中，曾经日出而作日落而息的农夫和渔夫早已远去，在小井曾经的地标上，无数人来来往往，他们都有一个共同的身份，首都市民。

原载《浩然诗歌》2024 年夏季刊

静寂之美 [组章]

张　鱼

一抔沙

抓起一把沙子，像抓起一把米。让它经过孩子们的手指，沙漏，和灯塔。

流水一样。或者卷起一场太阳的风暴。

消失的重量给我们警示，但世界上的沙子，并没有真正减少。

在被孩子手掌反复地磨砺中，魔术般变换着自己的形状，它的孤独和喧哗在此刻生长出来。

太阳照着眼前的沙子，也照着我们。同样的幸福或不幸，流沙一样经过我们，却不真正属于我。我只是身体悬空，住在一抔沙的罅隙里，披着人的影子。

静寂之美

登上一排台阶，过一座石桥，走近人工做成的瀑布，闻到水的腥香。水草飘摇，泛着磷光，荷叶荡漾，众多虫鸟藏匿在暮色里轻轻说着呓语。

牵着孩子的手，牵着大人的手，我们一起牵着世界的手。

红灯笼高挂。是杜甫的诗，李白的诗。

夜晚静寂，我们围着一片灯火舞蹈。泼下来的墨色，将我们紧紧连在一起。

星星轻柔地照着，星星眨着眼，始终没有说话。

我们身体里仿佛住着无数噪声的麻雀。

十　月

想爱的人越来越少，值得原谅的事越来越多。

而我日渐消瘦。而我被太阳温柔地抚摸。而我沉默。而我高歌。而我花朵。而我为草。而我流泪。而我小心地活着。而我包藏祸心。而我身负疾病。

而我走在医院的路上，牵着你的手。

而我还未学会爱的技艺。而我活着，又死去。

而我明月，又星辰。

而我居于高处，持有离合悲欢。

原载《星星·散文诗》2024 年第 7 期

原谅一滴雨

原谅一滴雨落向石头时喊出的疼痛。原谅它停在华北平原上的忧伤、迷茫和孤独，也一并原谅它的苦楚、欢笑和叹息。要原谅它的过去、未来，和现在。原谅它的偶然，和飞鸟一样冲入空无的必然。原谅这个命运的链条漂浮在被蚊虫叮咬过的月光下，古老而年轻。让你抬起头，有了飘扬的思绪。

请原谅它过分的柔弱和婉约。如果可以，请原谅它的好意和温情。也一定要原谅它，总无意落入你的眼睛。

偶　然

坐错一辆车，遇见一群陌生人，见到别样的风景。

停在一个崭新的站牌前。你听见一个未曾听过的故事，心里有了新的波动。而头顶上，依然是属于别人的天空。走在通往浓雾的途中，一株玫瑰无意划破你的手指。太阳在燃烧。等待，让停在树梢的鸟群露出一丝不安。

时间的刀斧在你身上动了动，最终没有放过你。

偶然的意外，似乎让你的人生推迟了几秒钟。

原载《散文诗》（上半月刊）2024 年第 7 期

落在梦的转弯处 [外二章]

蔡 宏

我相信——雪会落下来，落在他乡冬月的屋顶，落在经过的花园，落在岁月的褶皱。

最初的雪，不会惊扰梦中人，像风拂过草地，有着不为人知的隐秘。它们飘飘洒洒，像一群赶海的人，追赶着夜色和流星。

当大雪飘飞，暮色加深，独行的人，会拉紧衣领，按原路返回：一行脚印，告诉我曲折的路途和蜿蜒的心事。

雪落下来，落在岁寒的高处，落在北方以南，落在想象如野马驰骋的远方，落在昨夜那首新诗的尾韵里。

有种抒情，比落雪辽阔；有种照耀，比雪更通透。雪落下来，落在梦的转弯处，落在杯盏的釉彩里，落在故乡的矮檐下。

没有比落雪更难忘的往事，没有比雪更婉转的吟唱。如同此刻，友人在雪中小聚、酌饮，一场雪酝酿的新生命已经悄然开始发芽。

而另一场雪，正走在来路之上。

月 色

这不是五百年前的月色，也不是北方的月色。

盛开的桃花和一条江，在月色下握手，相映成趣，而又彼此呼应。我在静与动之间奔走，用月色刷新视野，也用月色描绘春天。

而一个人，要怎样融入桃花江边的月色？城市的灯火深处，总有着相似的喧嚣，乡村竹林旁的小径，指给我岁月的归途。

月圆月缺，可以忽略。诗句一般皎洁的月色，总是恰到好处，拉近晨昏，伴我抵达更远的远方。

每一次归来，总喜欢披一袭月色，在乡路上慢慢走，聆听一曲曲涛声拨弄心弦，感受日子的花开花落、心情的云卷云舒。

有动车带着时间的流星，在山水间穿梭。也有悠扬的笛音，在月色下传情——一段日子，终会在月色下定格，让我找回远去的背影，也找回曾经的自己。

在空谷

再一次途经这里，时间，给我上了一课：这里的空，由来已久；这里的寂寥，不可阻挡。

站在山冈之上，我领略了比大海更辽阔的湛蓝，比大地更神秘的所在。

细碎的阳光透过树枝，山风有了动感和灵魂。

一个人太渺小了，如同被风吹落的山花，随意，自在，便是好去处。

空谷没有边缘，漏下的风，独自成林，入耳的尾声有如乐音。

一枚野果，也悄无声息：坠落，成泥，成为往事。

此刻，我拨开缠绕的枝蔓，在没有路的地方跋涉，相信空谷的引领，会使一切都柳暗花明。

——在空谷，不见小桥流水，难闻鸡鸣犬吠。只有我聆听自己的心跳，如同聆听乐器的回音。歧路纵横，我看见太阳的影子，在紧紧跟随。

仿佛，另一个我。

原载《散文诗》（下半月刊）2024 年第 7 期

辑　七

出海纪 [组章]

晓　岸

1

大海不适宜触摸。

它柔软的岩浆已经彻底毁掉了夜晚的天堂。这头巨大的野兽放弃抵抗，在被埋没前卸下利爪和勇气，它无限悲悯，不再对人间发出质询。

你从泡沫的缝隙间来，闭着眼睛，雪白的海鸟冲出翅膀的阴影。

它们牵引着你，在辽阔而透明的光线里幻想，群山一样奔跑。大地摇动，蓝色的岩石从一个平原翻滚到另一个平原，它们干渴的嘶叫声回荡在空旷的天空之下。

没有值得原谅的诗篇能包住沦落的火。

没有多少个夜晚能藏住涌出的黑。

你爱过的野蛮理想无处安身。

你爱过的无助的女人无处安身。

群星密布的河流，继续向深蓝色的天空深处奔泻。留下的只有月亮，孤零零地散发着金属的灰光，照见同样孤零零的人。

2

现在，我就坐在你对面，油灯灰暗，火苗闪动。

我们都在等。

等一个声音，等安静下来的风。

村庄远了，你的城镇也远了。离开家乡前抛弃的狗，日夜游荡，在垃圾和杂物之间，度过每一个黑夜与白天。有时候，它会趴在铁轨上——不是模拟自杀——而是听你远去的声音。经过这么久是否回传过来。

你含着泪，平静地说出这一切，就像讲述一个兄弟孤独的生活。

总有一天它会消失——失踪或者死亡。在它拒绝收养的日子里，为你的留恋做一个了断。当你回头，一列列空荡荡的火车呼啸而来，绕着那些高山和森林，仿佛绕着一个梦，在剧烈的抖动中轰然解散。

这是你另一个梦。就像你的出身，打着一种顽固的标签。

现在想起来，你该感谢那些逝去的物和事。死亡与生存，一个半夜逃走的人，留下温暖的篝火，照亮你梦中的路。群山中的夜晚就像平静的大海。那些珍贵的珊瑚和植物依次呈现出光的脉络，仿佛无数的歧路……

3

没有人。甚至没有声音。

通往大海的路途寂静如秋天。你幻想和群山一同奔跑，遇见了风——腥咸的孤独像一碗热血。死亡不曾培养过它们，不曾折断过它的路线。昨天躲在身后，如一支幽暗密林中的响箭。

你的心房敞开了，容纳时光和呼吸，比巨大的风车还要持久、执拗。

而秋天和群山已经暗结连理。在远方——被风传说的地方，是心房，也是灵魂的居所。群山在那里埋伏着刀箭和拌索，要每一个人都交出语言——

大风起。它用指尖弹奏了生命，夹着海啸和火山的暴烈。

秋天的树，它卷扬起岁月高高的星光。那被旋转的道路连接的是谁不曾弯曲的心？

它继续卷扬，逼迫荒凉的大地献出丰收的夜晚，奉献出燃烧过的树木，像黑色的钢铁插在贫瘠的海滩。

4

让它做你黑色帆船的龙骨吧。做你预知生死的权杖。面对它，犹如面对重生的大海和火山，也许会带给你命运的未知与选择。

在陌生的城市之光下，打开手掌的命运之线，若有若无。用一把黑色的盐粒将它填塞、阻截，你就真的会回到真正的生活？

现在，借给你一具皮囊回到敞开的生活，锻打，锻打，直到这黑铁的龙骨红透，烧沸海水，动摇了诸神的梦。

这是活着的意义吗？

在海水未冷却前，不要让肉体也尝试着适应腐烂的结局。

5

有时候，你必须学习回到人群当中，必须学习向虚无致敬。铁质的门，长出尖利的牙齿，撕扯你木头的心。在别人的城市，出租房和公园的长椅，甚至在图书馆旁紫色的竹林，那些你所说的重与轻，都是别处的生活。就像群山中生锈的铁轨，平行、笔直，却又各自斑驳、失散。

多少次，梦中的镜像破碎。生活的焦虑如山顶上的石头。你越用力想象，它就越给你制造边界，困围你，使你臣服于它循环的游戏。

为什么风从来不被束缚？虽然它也有故乡，和你一样，在失与得之间，一次次从解悖的释然中坠入迷惑。

但是风能从平静的火把中获得新的道路，也从平静的夜行人的脸上看到了世界的另一端——那是大海一样的沉默的颜色。

落日跟在风的后面，一直悬挂，像生命的一种永恒——

6

可是大海不适宜触摸。

看吧，黄昏的海岸上，逆风而行的人埋头前进，他拉紧摇晃的道路，把沉默的群山又一次移栽进梦里。

大海在更远的地方。咸涩的海水找不到更高的地点安排这漫长的风，安排一次怒涛的晚宴。

还需要一些光亮。

礁石之眼，漫长的海岸线捆绑住大海的孤单，仿佛恋人无法触摸的脸庞——

在岩石中凝结。来自群山之巅寒冷的石头，不为爱命名。不再拼凑那些破碎的光斑，重新汇集——

只有它能穿透这辽阔的风，截断对你的依赖。只有它能把这破碎的身体再次温暖、唤醒，像风一样自由。

7

那是大海的自由。

岛屿的自由。

那是波浪与波浪疼痛摩擦的自由。

那是死亡的星光落胎在贝壳中的自由。

那是永恒的自由，因为新生的接力，死亡显得短暂而无助。

那是火山的自由，它要把多余的盐碱磨成飞扬的灰尘。携带了命运的基因，给世界一个重新开始的借口。

那是一个完全的新的自由，在旧的自由里面强殖繁衍，当它安静后，新生的夜色光滑而柔软。

8

多希望你一直都能得到如它一般的命运的庇护。

在海浪与海浪之间，黑色的物质游离，既黏稠又无形。大部分时间，它们模拟成生物的状态，为你传递海洋深处的消息。

你似睡非睡，迎着暗光而去。迷离的光亮里，一只黑蓝色的蝴蝶跟随着你。它的翅膀扇动着，极其细微的灰尘漂浮起来。仿佛有暗流召唤，那些闪着光的灰尘在你身体留下的影子中遁形。

多少灵魂都消失在醒来之前。有人坚持了，冬天的冷风呼呼地吹，信天翁回到了峭壁上看着过冬的鸥鸟挤在一起，在海浪击碎礁石之前为自然的法则留下破碎的羽毛和血迹。

而只有你，渴望黑色的桅杆扯着夜里的云团，像孤独的刀客，提刀奔驰在秋天的荒原。群山倒伏，巨浪锋利无比。品尝过你体温的树木，渗出红色的叶子，像流血的珊瑚组成陪审团，完成对大海的第一轮质询。

9

星光下，大海终将会驯顺。

也许是咸涩的味道找到了新的出路。

海上幻象丛生，收容了无所不在的虚无，又被虚无包裹。掠过桅杆的，不可能是乌鸦。它们的翅膀牵引浪尖，就像梦中神鸟的巨翅折合起无边的旷野。

那些迟到的人们，只能从风暴过后的废墟里寻找道路。神鱼结束在波浪中，它使水鲜花一样被收藏。

对此你一无所知？

你要的生活，你幽暗的心灵，只是怀念那些被大地遗弃的花朵？

10

很长一个阶段，你游荡在海滩。堆积如山的杂物中，贝壳，鸟羽，鱼骨，珊瑚。还有很多你不认识的东西，那些著名的石头，它们不安分地滚动着。作为一个沉默的观察者，你记录了波涛遗漏的一切。

一个人走进晃动的海浪。

又一个人走进去。

他们从哪里来?

他们有着模糊不清的脸,就像远方海平面上楼群抖动的窗户。

他们一定经过那里——沉寂的铁轨和败落的村庄。开过花的道路上,雨水正消失。

他们从石头里生火,在树木上放养虎头鲸。在矢车菊的根须里藏满软体的梦,就像鲜艳的珊瑚花。而落日摩擦着红色的天空,幻想它更接近大海的颜色。

会有风不断地吹过来,一遍一遍。像海神裸露的肌肤,黏湿、细腻——

可是大海不适宜触摸。

它唯一的诉求就是让你放弃抵抗,作为一个正统的归顺者,在它低沉的云层下晒制乌黑的盐粒。

11

大海是贫瘠的,它只生长波涛。

被海包围着,它每一次寂静的涌动都自我抵消。仿佛那力量,也会滋生叛乱的细菌。

一个人躲在星光的后面,不停地擦拭着铜镜,它带来记忆的磨损抵消了你对大海的渴望。那些记忆顺着大风流淌的方向流失。而所有的帆,都在黑夜升起的地方静默。

并不是每一种黑都来自光,来自困圄光的壁障。

心远了,大海的涛声依旧。它有暗流在永不疲倦地传输地心深处的自由的力量。

遥远的号角从黑夜的四周传来,细微的吟唱刺扎耳鼓。尖锐的轰鸣仿佛黎明之中升腾的雾气,幻化过往的时光。

它们就像孪生的双向列车,铁轨冰冷的走向掩盖了呼啸而过的树木,来不及展开,青春转眼被我们疏忽了。

12

你用铁锯截断生长的记忆，用它浓稠的汁液涂满天堂的镜子。你的脸在镜子背后扭转，一再拒绝，忍受着衰老的诱惑，忍受着那神秘吟唱的熔蚀。

那镜子里的海刚刚苏醒，还未学会如何培养愤怒和妥协，还未学会砸烂镜像挣脱金属的笼罩。

可是无法抵消的是来自你内心的阴影——折叠，打开，打开，又折叠。

它扇形的面积隐秘而广大。在它的辐射内，所有的梦都沾染了波涛桀骜的气息。

一定有人等到了黎明，醒来的时刻，空旷的人间消息满天飞。最早的鸟儿已经飞越了滩涂，义无反顾地向大海中心而来。

寂静的大海呀，铺展开金色的绸缎，迎接它，仿佛迎接古老的神回归。

13

其实所谓的赴身蹈海，不过是生而知畏；不过是切开生活的表皮，清理一下不尽人意的溃疡疮面。哦，这孤单的肉身。岁月的坟墓在幻想终结的地方，给每一个人都预留下位置。

蹈海，用一种波浪的破碎释放来自肉体的克制。在海水中舞蹈，风从海岸危险的岩石中升起，膨胀。向上疯狂生长。它绕过星光，扭动透明的身体，开启另一个风暴的旅程。落日沉陷其中，在空气中滑翔，做着神秘的梦。

而死者的梦更清晰——沉睡在大海深处，它们曾和大海一同经历时间的混乱旋转。跟随返乡的英雄在火焰和黑暗中飘荡。

它们见证了普通人的苦难，也目睹了英雄塌落的庙宇。

当圆月再一次升起，在宁静的大海中心，它收集那圣洁的月光，安抚那些飘荡无依者进入了梦。

那梦的轨迹简洁，神秘，仿佛遥远的故乡为迎接你而规划的道路。

14

在梦最初的地方，你寒冷的唇潮湿。黝黑的岩石潮湿。沉默的树干和辙迹杂乱的深深的歧路，你摸索着，折断的树枝也将因为微弱的体温而潮湿。

那午夜的花，神留在人世的眼应该窥到这一切。

海岸上稀疏的灌木丛，暗淡的汽灯惊吓熟睡的蝙蝠。那牵引你的必将因这牵引而最先丰盈，召唤了未知的力量汇聚你心中。

大海上流浪的诸神，畅饮了乡愁。多少生，多少死，波涛里不断地繁衍。

水手放下号角，看见遥远的海岬渐渐堆高。哦，岩洞敞开了——就像另外的生活敞开了隐秘的巢穴。你有无法平息的呼吸还停留在少年的记忆。你有即将停止的旅程又重新开始。

多少星辰压住你的梦？

沧海之上，众星之神点亮引航灯，它黯淡多久必将照亮多久……

15

你回来了。重新掌握回忆的技巧，平衡了它们在你成长中占领的区域。

有人会握住你的手——黑暗中固执地攥紧——顽固地抓住干枯的树枝，就像神紧紧抓住宿命的链索。那锁环记忆的金属冰冷。

刺心的光泽，仿佛经久不息的海水灌入你的眼眶。

仿佛另一种岛礁，挺出无限晃动的水面——

它们经过了多么漫长的水路，沿途的宫殿和草原。那些飞翔的走兽，学会了屏息，以此抵抗时间流逝。

它们因此被制造成神话。

它们因此也被封锁了回家的路。

16

谁要说出这些记忆必将被记忆封住口唇。谁曾经历这样的苦涩也当必将因此而被祝福。

只是当你握紧双手，生活向你敞开的一切，在你低沉的嗓音背后缓缓呈现，像一场虚幻的盛典在冷落的光照下荒芜——

哦，只有死亡能遮住你的眼睛。

只有大海，能清洗死亡喷洒的药剂。它从不轻易卖弄手段，它只让每个人在梦境中服从了心灵的野性。

17

可是大海不适宜触摸。

当一切安静下来，大海也终将归于平静。像一位饱经沧桑的智者，用宽大的衣袖遮住四散的幻象。

你了解这一切。在梦中，它们曾清晰地呈现。

岩石裂开，海水涌来，一个城堡的幻影收容所有的传说——那些倒立起伏的波涛，拒绝人世的形态。它们搬来闪电和大风，运来岩浆重塑群山沉积的梦想。

其实我们更爱它们沉默的火——在大海的怀抱里，用石头的名义现身。

惊涛拍岸。不，我感觉那是一种唤醒——

当信天翁冲上蔚蓝色的风里，浪花无法点缀它们的生活。

18

陡峭的，在等待；嶙峋的，正挣脱回忆。

漫长的海湾没有重复的故事。

没有更近的远航，孤独的大海。

没有更远的重逢，孤独的大海。

没有海岸托付给岛屿的心事在海浪翻覆间回响。

相对于坐在落日下读它们的美，更愿意在浪花与礁石间做一次旅行，试着选择海平面下的国度，试着选择火山岩的身体，用凝固的语言给流浪的大海讲述陆地深处荒野的梦想。

19

所以，蹈海。

以生，以命，以纠缠不清的混沌宇宙，以每一个深爱女子的背影。

野性被纸包着，暴躁，就像斑斓的狮虎兽。那一望无际的海，野草一样碧绿，摇荡。

可是，大海不适宜触摸。

疆场从来都辽阔，征战从来都黯淡。波涛碎裂之处，新的水涌过来。他们带着必死的信念，一次次把身体推向更高的冒险中，一次次检验大海的预言，那辽阔而孤寂的绽放，有着同样孤寂而辽阔的熄灭。

同样的，在它深渊一样的怀里，一场场缠绵的生死剧目在水流中转换，没有终点，也从未开始地轮回。

那更幽暗的深处，通向每一个漂流者的故乡。

所以，蹈海。

就像搭建一次梦境，就像在梦消失之处用另一个梦接合——无限次的自缚之后跟随了无限次的解放。

20

海风从遥远的海面上吹袭而来，岸边红白相间的灯塔孤独而宁静。

你不了解，它整日面对着空旷，怎样忍受那些永恒的移动的波浪，仿佛那就是它等待的一切。

你不了解，一只海鸟和一群海鸟，它们相似的梦，是不是带来同样高度的飞翔？

你想用点什么去与大海交换，去探寻灯塔坚硬岩石的内部纹理的走向。但你只收到大海咸苦的拥抱，这绝望的大海呵，最终将会被自己困死在浪花里。

或许，还有另一种结局——一定有人倾听了大海的召唤，因此礁石才变得柔软。

它们不用等某个人来描述海的辽阔和孤寂。

不用等待了，在一朵浪花的幻象里交出仅有的虚荣。

它们不用等待了，你已经变成了你自己鄙视的人。一次次在梦中砍伐树木，制造桅杆，日日游荡在大海的边缘，目睹大鱼消失于大海中央，模仿坚强的水手，喝干热辣的烧酒。

而大海从未掩饰它的不屑。它一次一次用狂浪卷出水中沉浮的尸骨。它用恐吓紧紧包藏它孤寂的情怀。它的不屑直接化成冰冷的海水灌进你动荡不眠的夜晚。

21

大海不适宜触摸。

在火中失去的还能在灰烬中找到。

同样的，当你用海水洗面，不同浓度的盐分被稀释，揉进眼眶内另一个海。

可能你的身体过于孱弱，渴望大海深深地包裹，渴望它混合礁石和贝壳的粉末来一次拆解糅合。用黑色的盐和火，锻打那沉没在海底的巨鲸的骨架。

它有静止的记忆，而你曾有过海水一样的动荡。

星空深处旋转而来的风，孕育了每一个出海的季节，等你上路。等你为自己告别一次，卸下幻想的翅膀，用来熬制一碗烈酒，让死亡都能沸腾的烈酒。因为回忆之血，它才神圣而纯洁，就像你第一次面对着大海，卸下那张古老的面具……

原载《散文诗》（上半月刊）2023 年第 11 期

敦煌问沙 [组章]

张玉泉

情感之城

我只要你桀骜的目光，向着空旷的大地以俯冲的姿态审视，审视我内心的孤独。没有一阵苍凉的雨声将我环绕，没有一阵狂乱的风沙将我诋毁。我只是行走的猎物，甘愿将自己的身体献给头顶的苍鹰，甘愿把自己的内心献给天空。

我将要沿着黑夜的孤独走进浩瀚的星空，寻找自己微弱的心跳。我只是一颗沉眠的沙粒，依偎着属于自己的土地，他将不再被黎明温暖，他将再也不会为谁而动情。

每走一步都是皈依。活着如同磨砺疼痛的触角，将自己梦中的影子忘却。是一阵风，是一阵风赋予我起飞的翅膀，寻找着降落的地点，将自己的来生埋葬。

那只是一座荒芜之城，只是情感之城，所有神灵的安静都将洞穿悬崖上的佛龛，所有的尘世都将被你的真诚点亮。爱你，爱你苍凉的表象和繁华的内心，爱你冰封的河面和奔腾的岁月，爱你摇坠而柔韧的灯火，照亮我前行的路途。

高原的灵魂

你的内心有一团火，点燃高原的孤独。在你的眸子里，闪耀着黎明的日光。没有梦境，现实就是梦境。没有风沙，却只有风沙。风沙是埋葬和诋毁，也是成就和抬升。我们得到了高原的灵魂，如同在鹰的眼睛里发现猎物。发现与收获是现实的高山，在云雨中化解，在云雨中成长，在云雨中丰收。

那是雨的恩泽？追赶着你的身影，你的灵魂。如此的执着，如此的壮烈，如此的孤注一掷。我们不能回头看一看它洁白的雨柱，在你的记忆里描摹今生的苍茫？苍茫是人生的风景线，在混沌里寻找新生，在新生里遭受挫折，在挫折里锻磨勇武。

高原有高原的内心，它，危险中包容着善良，清冽中包含着黑暗，黑暗中包含着光芒。走着走着，人的心就开始忘记，开始崇高，开始敬畏，开始恐惧。谁的内心没有一座高原？谁没有在梦境中攀登一座高原？

白云的故乡

把你的眼眸抬得更高一些，看清楚山河的坐落，那里有你清脆的马鞭摇响。

疾驰在无人的荒野，放飞雄鹰的翅膀，放牧白云的故乡。

我是一场无人收留的冷雨，抚摸你冰冷的前额。

我是一颗无法暖热的石头，等你在无声的河岸。

走向你，再也不需要回头时的泪眼。

走向你，陌生的牧马人，升起灵魂的伟岸，无需命运的垂怜。

你早已把自己交给了空寂，在灰尘的内部打开花朵。

高原之河

你从不曾驾驭一条河流，像无法遏制时光的终止。

只有浪花，在命运的深谷向你举起一朵朵微笑。

我行走在幽深的河岸，用孤寂的影子喂养失散多年的游鱼。

你雪白的膘，渐渐在命运的沉浮中失去了黏性。

多少颗坚硬的石头，被你遗忘在高原的角落。镌刻上你的名字，镌刻上你无法屈服的皱纹，镌刻上你泪光里的咸涩，一瓣瓣开放在梦幻的心湖。

大漠冷雨

我在时光里曾经与你短暂地拥抱。

白云见证，高原的风不再追逐一场寂寞的雨。马兰花见证，蓝天的空旷足以装得下高傲，也装得下卑微，装得下天下所有的幸福与苍凉。

我要这样匆忙跋涉，留下悲壮的尘土。埋葬回首时那寸不舍的目光，埋葬那场粗糙的冷雨，埋葬对高原兀立的想象。想象你的柔情，依然像迷离的云朵依依。

不要再喊醒熟睡的寂寞，不要喊醒沙的翅膀。他们的灵魂早已经在大海的浩渺里悟透命运，早已经把身体遗忘在高原，陈放于流浪的寺庙。

不要再将我挽留啊！过路人，羊群早已成为你手掌中的一滩流动的阳光，蜿蜒向未知的远方。

敦煌问沙

历史苍凉，黄河也足够苍凉。她在夜色中执着于挥舞一条金色的长练，煮沸一碗西北的月色。

我今夜带领群沙，在敦煌的苍茫里静坐。沙不是沙，是群星的眼睛，爱人的眼眸，佛祖的心情。

不问苍天，不问贺兰，也不问大漠。我只问归雁，她如此不知倦怠地执着于故土，是否那里有自己情感的皈依，以翅膀拍打虚无，丈量漂泊，抗拒风雨？

我只问自己，来自亿万年前的问候，那是我前世的影子，在内心深处，寻找因缘。

沙的城堡

请在经卷中消沉，化为滚滚不息的惊涛。在每一缕月光中，都将接受历史的检阅。

一粒沙，温暖另一粒沙。她们却没有自己的体温，唯独被星辰照亮。

唯独没有自己的灵魂，唯独只剩下宇宙深处的一点坚硬，而这也将被千年的风声改写。

唯独这些沙中筑起的城堡，在流失的黄金中，拥抱住金色的落日。

她正在以壮烈的方式跳下沙海的断崖。

沙海黎明

我坐在佛苍凉的手心，感知世界的无限。在梦终结的地方，有一片最为深情的黎明。是你睁开了自己的眼睛，看到风沙磨砺的眼泪。喊醒我，喊醒沉睡的心，从此开始了漫长的旅程。走向遥远的未知，那里，我将遇到一无所有的宇宙，容纳了一切多情的哀伤。

走过你曾经留恋的旷野，点燃一朵低飞的乌云，让她为沙丘围上御寒的围巾。走过你黑夜的形状，在柔软的冷寂中追索自己丢失的童年。走过那一阵风的阵脚，在佛的经卷上标注上苦难的标点。

我将消失在谁的视野。抬头时，只有微笑的群星；低头时，瞥见内心深处一汪安静的湖。

沙丘黄昏

沙的圣地，匍匐在泉的恩典之下。

月色点亮每一粒白沙，温暖黑暗中苍凉的灯盏。流动与飞翔，群沙成为风的翅膀，在你的眼中磨砺眼泪。

翻过沙丘去看黄昏，黄昏只是稍纵即逝的微光。沙正在歌唱，正在祈祷，正在守望。等待你的目光，逼近内心的审视，寒凉的旅程上，驼铃交给你来自慈悲的救赎。

我将依偎在驼峰上，感受悲壮和荒凉。日光犹如带刃的刺刀，让你看清楚黄沙的灵魂。

触摸到自己的心跳,早已被身后的黄沙听到。你不会长留在如此荒芜的远方,跋涉者永远走不出自我的沙漠。

只有相遇的一刹那,找到心灵的佛龛。只有找到暂时的归宿,将微笑镌刻在佛的眉心。

沙海人生

你的微笑凝结成叶子上的明亮,面颊上的红润,如沙枣一样的甜润。

没有人能够留下往日的足印,没有人记得来时的路。追索爱的勇气,就是一次没有回程的旅行。在每一个脚洼里注满风,注满雨,注满霜,注满等待的目光。

我会在每一粒沙上寻找你曾经温婉的面容,聆听你的话语。平静的低语,只有经历了死亡的内心能懂,只有经历了无数次绝望的痛苦能够触碰,只有不计前嫌的爱意能够温暖。

那是你挂在天幕上的灯笼,唯余残缺的心跳,唯余黄河的涛声,唯余贺兰的山尖,唯余沙的奔涌。

我毫无防备地走向你,毫不犹豫地走向你,如此坚定地走向你,走向你的人生。

沙漠流星

月不曾升起,这光来自何处。我是黑夜赐予的流星,向着虚无燃烧虚无。

没有倾听,为何以沉默向我倾诉。流水一定在荒漠的灵魂中蓄势成湖,澎湃成内心的歌哭。

善男子——你尚未触及苦难与欢乐的两极,为何如此宠辱不惊?

行走,早已在停顿中搭建了记忆的巢穴。回首,尽是黄昏之余晖。

流浪的沙

一曲沙的赞歌，已经被逼到了绝境，在悲壮的旋律中沉浮。

用粗糙的酒麻醉了你的心情吧，在广袤无垠的沙海中匍匐成辽远的边境线，在滚烫的闪光中灼烧悲绝的心情。

为了你，我甘愿成为一粒流浪的沙，用自己最真挚的爱意扎成无形的双翅，在你的面前徘徊、飞翔。

起飞的沙，此生早已没有了归宿，落下的沙，此生早已忘掉了漂泊。

一粒沙的疼痛，就是鸣沙山的疼痛，它将会铭刻在你曾经失意的内心，排列成寒光闪闪的北斗。

指向你，而命运已经倾斜。面向你，而你的行程早已改写。

只有黑夜的温暖。只有月牙泉的星光，那是他曾经在湖边的凝望。

原载《散文诗》（人文综合版）2024 年第 5 期

东阁，一座山水花城的叙事或写意［组章］

李付志

一

胶东大地的册页上，东阁，缓缓打开立体卷轴。

大幅度的美，大剂量的爱，被蓬勃的山水开篇点题，倾泻出永不断流的长歌短句。

团团锦绣，声势浩大，在变迁的经纬上装订乡愁的厚度。

一粒鸟鸣滴在瓦楞上，一片春光被融合进去。

漫山遍野，尽是握紧乡村振兴的手掌，纹理枝繁叶茂，盖满红色印章。

一道飞瀑从大崮顶而降，丝弦弹拨，波澜涵养万物。

自水的内部，我看到龙头岩、绮云庵，看到清水瓮、举人屋……

它们正沿着大樱桃的光芒，外溢开来。

二

东阁的山水一阕一阕，以翻腾跳跃的方式叙事。

下马村里，有五个春妮儿的传奇。途经的炉坊村、汉军寨、官家疃，村落古色古香。

千佛阁的翘檐，高过月亮的羽毛。七色山花园的色彩，以崭新修辞，擦亮城乡每一条街巷。

——所有的汗水和泪水，在奔跑中加速追梦的抱负。

我的目光，亦从凤凰山、窝洛子、尚家上观，那生机盎然的发展中，触摸到生活坚韧而香甜的密码。

当思想抵达，白沙河芦苇青青，枝头上温暖在持续扩大。

这些词语，明净纯粹，在被阳光噙含的眸里，烙下热爱，熠熠生辉。

漫步东阁。五月的颂辞，拥有最阔美的音律。

在我写下桃花涧这个名字时，指尖便沾满了水韵。

这个诗歌皈依的原乡，我须得用响亮的键盘，把淡静的、豪迈的，清贫过的、幸福着的元素，一一敲进诗里。

三

喜欢用锦簇铺陈的手法，及生态的深邃内涵，赋予东阁一部大写意的画卷。

宛如我虔诚而来，与这座山水花城相约，把时光串起凝爱成珠，像灵魂一样跃动。

当美的身影、爱的气息，是温暖的一种表述，细数往后的日子，我愿为你也为自己长成一棵临风玉树。

允许自己以隐喻的姿态矗立这方土地，怀香吐兰，自行喂养。

允许自己峨冠博带，煮字烹诗，知音唱酬，在时光里完美嬗变，提升幸福的指数。

并在俯仰之间，和你氤氲成一帧最华丽的风景。

原载《湖州晚报·散文诗月刊》2024 年第 8 期

甘南，草原牧场或雪域之光 [组章]

何军雄

一

西部风韵。甘南在诗意的朦胧中抒情。

甘南草原的格调，以盛世华章在时代的版图上根深蒂固。描绘绚丽画卷，奇异的篇章铸就着甘南的辉煌。风情无限，在乡愁镌刻的故土上流连忘返。

牛羊漫过，一匹马驶过的瞬间，草原的野菊花一字排开，顺着风的方向摇摆。

灯火辉煌的册页里图腾，甘南的魅力，以生命的至高无上与荣耀，将一座城池的伟岸推举。举步轻摇的韵律中，一部诗赋大典在华夏传颂。

二

晨雾弥漫。甘南在晨光的映照中驻足观望。诗学或禅意的雅韵，在春日的景致里光彩照人。

致力于生命的呢喃与情话，以锦绣的画轴，将甘南的宝藏珍藏。

缔造经典，在时光的暗影里久负盛名。

沉淀在岁月的最深处，以藏香或美誉著称，享誉华夏。聆听禅音妙语，在时代的进程中号令群雄。

三

气宇轩昂，甘南在午夜的沉静中逐渐升腾。

借着一轮明月吐露心事。苍穹之下，万物灵动其间，甘南以淳朴的民风海纳百川。乡风大雅，铸造着绚丽与华章。

甘南诗章巨献，草原文风昌盛。盛开的雪莲花，蜻蜓高悬，将一方美景尽收眼底。

奔腾于一幅水域的素描，在甘南的画夹上临摹。

四

时光涌动，和着草原的脉搏跳跃。

书写诗赋或辞典，以甘南的独特手法，将普天下的美景写尽。在一座山川的磅礴中气运丹田。

闻名于世的美名，在甘南的辞海里遨游。

大美草原，以沧桑的年轮，将甘南的口碑溢出。时光荏苒，镌刻的美学打湿了一座城市的面颊。

五

茶马古道或丝绸之路，皆是甘南酝酿的千古神话，以一阕春辞的韵律，缔造着华夏的盛世斑斓。

在澎湃的黄河岸边驻足观望，将生命的呢喃细语从内心深处起伏。

草原上，盛开的格桑花，就是生在甘南的一尊佛像，以心灵的虔诚，迎娶着朝阳雨露，晚霞夕阳。

尘世之外，静坐着晨光。每一缕撒向甘南的光芒，都是苍天的恩赐与馈赠。

六

古道苍茫，以盛大的牧场开启着牛羊新的旅途。借生命的慰藉以疗伤，在甘南辽阔的天际里，找寻时光过往的云烟和马蹄。

草原上所有的绿意，被天空的蓝色映照。高飞的鹰，用嘴叼着甘南的世代苍凉，堆起的篝火，燃烧着整个草原的热情。

微风轻拂，草场的绿意，向着甘南的辽阔蔓延。

内心的炽热漫过一顶屋檐的高度，顺着甘南的佛塔向寺院滋长，经声飘过，所有的鸟雀簇拥在一起。

七

在甘南，没有比云彩更高的哈达。系住天空的蓝，丝毫不放松。

羊群是草原上移动的星光，闪烁着牧民今生的眷恋。夕阳下，驻足的少年，手提马鞭的姿势，足以让整个草原为之震撼。

秋风荡起落叶的美梦，托起一个民族的奋斗史册。

夜色沉静，比夜还要静的，是禅房打坐的沙弥，身上的粗布僧衣被风吹开了一角。

八

黄昏时分，残阳如血，映照着甘南草原的半个脸。

一部绚丽多彩的画卷，在西部大地上展开。素笔轻描淡写，临摹出一幅大气磅礴的水彩写意。

甘南，内心的虔诚，在午夜的朦胧中苏醒，和着时光的暗影悄然逼近。

遗失于人间的一部典藏，镌刻诗赋与千年华章。

九

饮下甘南这杯千年陈酿，醉倒在八千里路途的古道上。

草原铺满内心的辽阔，以盛大的绿色装点着火热的激情，承载着万古苍穹，将这浩瀚无边的人间仙境书写。

星星是甘南的孩子，徒步穿梭于草原深处。

裹着秋风慕名而来的游客，头顶着七彩祥云，脚踏甘南的牧场，内心的光明一览无余。

十

绿叶为霜，渲染了甘南的十万锦绣风情。

春风铺满整个草原，让一只鹰在天空独自徘徊。远离故土，以及生命的重生与解脱，都在西部的辽远里往返。

一杯酥油茶，就是甘南款待宾朋的最美佳肴。

穿梭于草原的歌声，宛转悠扬。响彻着一株草的最初记忆，沉浸于时代版图上的繁华，在久远的人文中渐行渐远。

十一

远古的呼唤，在天边的云端里四下张望。

驻守于甘南的思绪，回转着时光的经纬。以盛大的图画，在甘南的地域里绘制出色彩斑斓的盛世家园。

沁心大雅，用脚步丈量一处草原的辽阔。

甘南苍茫并进，缔造着诗意的风华与抒情，以磅礴的雄心壮志，将西部的版面随意雕刻，从而伫立于草木的佛国与净土。

十二

歌声优美，从马头琴的鼻音里蓬勃出一曲天籁。

在甘南的尘世里，想象着万古的草场，清一色的绿色包裹着一望无际的锦绣与繁华，所有的村庄，都在静夜的诗意中悄然入睡。

青稞酒，醉倒无数的星光和汉子，以清新淡雅的格局，铸造着甘南辽阔的胸襟和蓝天。

追赶夕阳的人，在甘南草原的路途上日夜突围，聆听一段镌刻在马背上的佛经，用硕大的手掌，撑起一面天空的祥云。

十三

策马扬鞭，奔驰于甘南灵性的脊背上，手持一把灯火的光明，找寻内心深处的豁达与静怡。

藏乡文化的根髓，在时代的版图上重新演绎。

一杯醇香的酥油茶，一条洁白的哈达，都是甘南最炽热的胸膛，迎接着四面八方的亲朋好友，一曲欢快的锅庄舞，在草原上此起彼伏。

甘南，这云朵上图腾的家园，以佛的韵脚点亮心灵的灯盏。

十四

雪域之光，映照着十万羚羊闪烁的灵气。

甘南，祥瑞的佛光，开启着盛大的草原颂词，以诗酒与歌谣，传递这十万锦绣的天堂，一道佛的旨意，降临于尘世的繁华。

盛世的斑斓，不及这草木之心暗送秋波。

在甘南，所有的绿意就是上苍馈赠的袈裟和经卷。普度着黎民百姓的疾苦。

十五

甘南，草木皆有慈悲之心！

簇拥着一株秋天的大树，让夕阳的最后一抹红晕在心头暴露，仅有的怜悯之心，都在晚霞的余晖中撤退。

策马飞奔，神鹰在猎人的弓箭下逃出劫难。

喂养生灵的泉水，一湾涟漪的流淌，顺着故乡甘南的方向日夜奔腾。这雪域的圣水，滋养过无数的生命和传奇。

十六

山间回荡的歌谣，响彻着整个甘南的空旷。

舞步轻盈，踩出尘世的梵音。以这千年神曲，来迎合甘南雪域之光的美誉和风华。圣洁的塔顶，转动着敬仰的佛光。

甘南是雕琢于草原的经书，受世间的俗家弟子跪拜与焚香。

山川寂静，唯有禅音和马蹄声在耳畔轻拂。

十七

铺满祥云的天空，隔着一株草的高度。

在甘南，用泉水与羊奶酿造的醇香美酒，足以醉倒整个牧场的千军万马，以岁月的沉沦和没落，将世代的风华书写。

斗转星移，草原上羊群如零星般闪烁。

甘南是酒做的云，洒满了草木的头颅和胸腔。

十八

水色清洌，滋养着生生不息的甘南儿女和草原风情。

雪域之光的淳美，渗透着一个民族的魂魄。断章取义，在甘南的一株草木里找寻远古的沧桑和盛景。

羚羊出没的地方，必定是一番景致优美的人间天堂。

甘南，上苍恩赐的画卷，或是遗失西部的诗赋大简，用情感的叙述和白描，来绘制这千年的史记与典藏。

十九

春风得意，吹不开甘南的一枝蜡梅。

在久远的人文中抒情，徒步于尘世的霓虹与酒绿，颠覆在午夜的朦胧中，用仅有的温存握紧手中的杯盏。

远离繁华，从而铸就了甘南的豪放与豁达。

背对故乡的人，在草原深处缓步走来。脱离了江南的水乡清新与雅致，抵达生命的无上荣光。

二十

在甘南，倍感人间的清净与淡雅，拨云见日。

眷恋草原，以这十万草木的名义书写辉煌。马蹄声声，奏响着挺近夜幕的凯歌与强音，穿透着灵魂的十二时辰。

甘南，顾及云朵，草场，牛羊，神鹰，以及无边的石块。

在甘南，没有火种的地方，草木顶天立地！

原载《白银文学》2024 年第 3 期

画里画外 [组章]

钟远锦

一　画画的男孩

一定要牵扯出最靓丽的颜色，放置于黎明的天空上。

黎明，是一幅画面的眼睛。所有沉静，都可能因为黎明而苏醒，绽放成最璀璨的光阴。东面的线条上，尚缺一些草，一座桥；西面的河沟里，少了一些麻鸭叫。

这些灵动的因子，都是提高画面的关键。他必须，从罗列整齐的画笔盒里将画笔请出，然后，将画笔里面的色素，以自己最理想的定义，将其稳定，固住。我相信，在他的手腕里，一定有一些神识与神迹，在这里崛起。也一定有大手笔剧目，正在演绎。

每次看到他，沉稳沉静的视觉，仿佛就看到了春天的复苏。似乎所有的端口，都涌动着花意与花语。石头，也是粒花的种子，等待着花的羽翼。

我看着他的手臂，从春天里探出，将春天的故事，牢牢种进画轴里，像一种曲律。

我看着他的手指，将春天放置成骏马，向看得见的背景里奔去。

二　画布与画面

有时候，爱心是可以移植的。比如现在，流过春天的溪水与掠过蓝天的白鹭，都是一种价值的存在。它们正正经经归来，用它们内敛的关怀，催动一块画布的精彩。

我不知道画布的白，是不是雪山的白。雪山的白，是可以将杂乱掩盖，可以催生系列的灵感，是可以将太阳做成轿子，将灵魂抬回来的。

我喜欢雪山的白。我喜欢在一望无际的纯净上，任脚步摊开，将所有的裂变请出来。我喜欢，看着阳光，从深沉的躯壳里，钻出来。钻出白雪的阳光，其实不像是阳光的。毕竟，阳光，哪里可以比得上此刻的漂亮。我看到的阳光，从离开雪线的那一刻起，就是一尾凤凰。凤凰涅槃的故事，留下的都是涨潮的巨能量。

我喜欢看纯净的画面上，坚定呈现出来的歌章。这些歌章，虽然是沉静的，沉静得不留下任何声响，但是真正的声响，一定是有着超能量。一定可以，将所有的事物，催生成渴望，陈列于起跑线上。

我听着发令枪响，看着所有的灵感，拉扯着高铁，从看起来平平淡淡的白色画纸上，奔向远方。我看着银汉与苍天，蜕变出情感，与沉静的大地，同叙温婉。

三　一片水竹的力量

一片水竹的力量，有时，就是一片生命的力量。在简简单单的线条营构下，所有的静止，都有了神奇的表达。就像一朵花，也可以催生海洋的浪花。

我喜欢的故事，总是会从最外围的叶子上入手。那些看起来有些朦胧的叶脉，有时像一位尊者，有时也像一位使者，可以将未来打开。

我喜欢，从静止的画笔里，找到一些关怀。比如，刚刚站立起来的竹节，就可以涵盖时间的期待与心血，就可以，拉开一本史册。

我喜欢用自己的血脉，将画面上的线条拉开。喜欢用自己的色彩，增添画面上的精彩。就在最后一棵竹子的身上，我赐予了所有的风度与神采，连一只蝴蝶，也循着最佳的路径，飞过来。

就让这纯净的端口，释放出节奏吧。就让这沉静的出口，凝聚成归宿。让所有接受与不接受的读者，都可以得到另一种关怀。

我将力量与色彩，有效综合起来。

四　小男孩，走出来的弧线

最动情的，一定是风声。当所有的色彩搞定，那一片风，就从对面的山腰间起身，向着大院，缓缓奔过来。奔近大院时，还不忘，将大院外某种植物的香薰提起来，放到画画人的鼻尖，将爱与呼唤，同时遣返。

"妈妈回来了！"刚刚挥动着素描笔的右手，瞬间降低，将素描笔放置于笔盒里。左手将身子撑起，同时向桌子一侧迈出步履。

"画还没画完呢！"我一看孩子那样子，就知道，孩子的重心，已经从画面转移到了归来的母亲身上。转过篱笆墙的母亲，一手提着一个竹篮子，竹篮子上面，盛放着两个小南瓜与南瓜藤。背上，背着一捆红薯藤，腰，被压得差不多成了圆形。

"妈妈，给我。"跑到母亲身边的孩子，一手接过母亲手中的小竹篮。小竹篮，虽然不会有情感，但是，也懂得温婉。当孩子的手，接过小竹篮的时候，母亲的手，刚好转了一个圈，将原本自己握住的小竹篮，亲切地转移到孩子手中。同时转移到手中的，还有母亲的叮咛："小心点，别摔跤。"

小男孩，挺着身子，两只手用力地拉着小竹篮，将小竹篮下坠的路径改变。然后，用力地往前赶。小男孩的步履有些蹒跚，有些艰难，有些勇敢，也有些期盼。我知道，小男子，压在身板上的，还有一些难以抑制的伟岸。就像那座看起来并不十分高傲的山，却无时无刻不抖落着坚定与恒远。

小男孩，走出来的弧线，就是一座座山的弧线，自然也是，海浪的弧线。

五　画里画外

季节的一个截面，足以酝酿出浪潮滔天。

当画卷上的最后一棵树，挂满了秋天的肚兜，岁月架不住往回走。故乡的半山腰上，孩子稚嫩的手，带着锋利的弧度，将一把铁制的柴刀，砍进一棵桐油树时，山峦正在倒着走。

山峦偏好一口苞谷酒。当苞谷酒的度数，与秋天的度数，攀升到同样高度，轻纱也会变成书，悄悄蒙住原野的眼眸。上了年纪的老黄牛，踏着深浅不一的足，在刚刚窜出旧禾蔸的青秀间游走。老黄牛喜欢旧禾蔸上新生的青秀；老黄牛喜欢青秀上的露珠，老黄牛喜欢，吃几口摇几下头。

站在田埂下的孩子，一只手撑着那棵桐油树，一只手，将锋利的柴刀往树上招呼。柴刀与树之间较量的声音，会变成另一种口吻，将岁月警醒。也将几千里外，画画人的思念警醒。画画人，会配合着砍树的节律声，抬高行云。

落在画面上的云朵，与漂浮于空中的云朵，合围成记忆中的田螺，只要用手轻轻一拽，就可以拉扯出柔软的白色。

原载《回族文学》2024 年第 3 期

绿色在蔓延 ［组章］

鲜　然

等风来

风来了，一时间叮叮咚咚。

不需要风多大，有风就行。风吹响挂着的风铃，那风铃不是一个，是许多个。许多个风铃响起来，声音就不单调了，复调。这时候，不仅仅风动、幡动，是心也动了。

忍不住就想伸出手，拨弄它们。

就像是一个循环的游戏，一路走过，一路叮咚。

风轻时，声音细细涓涓的，灵泉滴沥鸣清涧般，给人清爽的舒服之感。大风时候呢，哗哗吗？我没遭遇大风，想象中，金戈铁马似乎也是不错的。

前方，沟里的水蓄起来了。这边和那边，也用桥连起来了。路可以越走越远，道也能越拓越宽。

还要等风吗？风一直就在啊。

在一阵风中，变成一个小小的铃铛，快乐起来。

时间在风铃上晃晃荡荡。有时候都弄不清是时间在晃荡还是风铃在晃荡，还是某一个晃晃荡荡的身躯带着另一个在摇摆。时光有时敛声静气，有时嘈嘈切切，我有伸手拨弄的幸运，那一刻白云也晃荡，这是看得着听得见的惬意，风铃上的短暂。

风吹起来。生命迅忽。无从把持。

似乎，不需要太多词语来描述这一刻。铃铛响起来，词语起初简单，后来繁复，错杂间，余韵袅袅。

西 召

云落下来，就是牛群和羊群。

歌飘远。频频遥望的眼眸里，一座浮屠。

时间到底是过得快，还是慢？我这庸庸碌碌的人，不敢细细盘算过去的时间，也做不到声色不动，能够四处看一看，走一走，已经是欢喜了。

高天、近树、沟沟畔畔加上平缓的水……心慢慢地就平和下来。

"宝"，一个多么好的词啊。温暖的，疼爱的，怜惜的，悲悯的心怀。

我知道我的姿态还不够从容。作为一个虚度年华的人，喧哗或寥落，都不是我——不曾付出，当然不敢索取。一些细微的好，能让我遇到，已然满足了。

墙角的灰灰菜，地畔的野西瓜苗，影影绰绰的树影……花开了就步步高，月缺了就等圆满。人生的好景致不多，见一个当作一个欢喜，是明天的惊喜今日提前来到。

此后，可乘一叶梦舟，来归。

归来，我是打探绿色消息的人，被一枝绿色勾在乡土，从此甘愿做一棵准格尔召的草木，秋风里话桑麻，再念一遍准格尔西。

黄香蜜

它是早熟的阳光玫瑰，饱满丰盈。

它是一粒果实给予我的诉说，它是葡萄园的葡萄。

农业是准格尔召镇的支柱之一，在农产品基地谈论农事，专精特新是其一，安全放心优质才是主要。当农业延展成观光产业链，数智化与农业文旅的融合指日可待。

它是明亮的沉默，悄悄储存日子的甜蜜。

它是葡萄品种中的一个早熟种，叫黄香蜜。

在农业生态园，我遇见的不仅仅是葡萄，还有无花果、樱桃、火龙果、沃柑等等别处的物种和果实。现代农业和田园社区已经成为一体，加上休闲旅游，富裕的路径又多出一条。百姓富，乡村美，企业怎能不兴?!

它是朝着好日子，孜孜以求。

它是准格尔召镇的多重镜像之一，主打一个甜。

整饬农业，打一张生态的牌，这是功在当代，利在千秋的事情。贫瘠和荒芜是过去的事儿了，当代人已经开始用科技来把人间重新置换。这重建的故乡，羊肉把肠胃打开，酸奶和奶酪把味觉打开，草木香和果香把嗅觉打开。想要拥抱这好日子，打开怀抱，放开歌喉就可以了。

拍拍身上的土，再种下一棵草。生活诠释的热爱，不只是甜，还溢着奶香和草木香。

文冠果

双足到不了的地方，让种子先行到达。

种子长成一棵树。树叫文冠木，也叫文冠果，我们喊它木瓜树。它是北部干旱寒冷地区的植物，中国特有树种。

翻开草木册页，它是雅颂，是一棵又一棵树构筑的桃源，大地上散落的经卷。

在准格尔召镇，若用平实的手法，它是沧桑，人间皴法。每种下一棵树，都是在强调不求世俗功利，必有现世的回报——生态建设是一件长久的事儿，已经成为未来一个时期的背景。这是草木把持的闲适和安宁。我要怎样临摹这极致，说起来总是力不从心，不能表达万中之一。

好水润泽植物，植物带给人遐想。

我发现高天上飘着的不是云，是一抹湿意。

在准格尔召村，这湿意来自一棵棵树木。一处没有绿色的大地是难以想象的。在大地上，一棵树就是一个神灵，我要怎样回避抒情，以一个过客的视角来描述感受；又怎样克服词语的局限，讲一个葱茏的故事，古树新的活力——几百年的老树，枝繁叶茂。在这样的神灵面前，人生何其短暂。

绿色在左我在右。我只能学习一棵树，稳稳地站在大地上。

站在大地上，我看见文冠果和云杉互文，各自茂盛。我也看见乡村的富足和丰润，以及依旧保持着的古老风俗。我还看见借绿色开道的人们，正轮转一方地域的美，那是犹如文冠果一样的美，一种古雅和当代并存之美，空气中将流动它们的清芬。

夏苹果

花落果出。这是农户院子里的一棵苹果树，苹果是夏苹果，果子已经能吃了。谁摘了一颗来尝，说是吃是可以吃了，还有微微的酸。听的人口齿生津，折回去再看。一次不够，两次，三次，顺带院子里踅摸了三圈。

蓝天映衬下，树上的苹果脸带着微微的红，真是好看。好看是好看，也不过寻常景致。

是，院子里一棵结满果子的苹果树本是平常景致，檐下的盆花却混入某种不同，添加一种陌生的偏离感。它们总共两盆，一盆是野地生物，叫红菇娘的那个，已经结满了绿绿的果实；一盆是多肉植物，还是丰茂的缀化的肉肉。

什么是缀化？简单地说，它是植物细胞分裂过程中突然出现的基因突变。这种突变导致多肉出现多个聚集的生长点，最终形成沿中线基本对称的多个生长点同时生长的状态，原本的多肉就长成一种扁平的扇子状卷曲的枝干，和平日里所见的多肉植物有了明显的不同。是肉肉植物非常难得一见的样貌，城里多少人养而不得，现在却随随便便放置在村子里的屋檐下——叙述一下子丰富起来，景致不再单一。

不再单一的何止是农户的院子，还有这一块土地，它已经以一种绿色矿山的理念形成态势，有了自己独特的形态。我看见枝繁叶茂的夏和硕果累累的秋，我愿意以此为愿，以此为标，看尽山披锦绣，绿水展颜，大自然的和谐共生。

花落果出。这是饱满多汁的香，酸甜可口；这也是来自果实的欢欣，小康生活的物语。

智创空间

打造一个观景平台，叫它智创空间。它不仅仅是"边坡种树、平盘种草、平盘边缘种防风林带"，还是"山水林田湖草沙"一体化综合治理的提升。

找到目标不容易，将它展示出来更不易。它是产业发展的推动，是矿区生态建设的修复治理，是绿色生活正在进行时；它还是矿山的样板，是可见的绿意，是渐渐形成规模的境况，是让世界感受到我的存在，让准格尔脱颖而出。

我能成功地用词语捕捉到我所感受到的一切吗？并不能。

在准格尔召镇，煤炭将是一个长久的话题，避不开也不能抹去的印记。绿色是我听到的第一个词。还没有出行之前，我曾经有疑虑：若是赶一路飞扬的尘土去看复垦，值不值得呢？也试图退到传说里，听人讲松讲菩提讲文冠果，却发现，我还是忽视不了它的变化和引起这变化的一个个构想的实施。我听到的第二个词是生态。作为一个配角，一个旁观之人，我看见绿色在蔓延，越来越多。我曾经有大把的疑问，若席地而坐，我希望沾染上的是草汁，而不是粉尘。好在，绿色在左我在右，故事换了条路径，愿景是我得到的第三个词。它是不久的将来，一个将产业发展、社会治理等乡村振兴要素融入其中的效益多赢。还要什么答案？答案就是一个迷人的前景。

未来，我希望它除了保有田园牧歌的质朴外，成为茂密草木包围的小镇。

至于我，我将和那些草木一起，练习成长，学着叙述；也将试着种下春，结成秋，在无数的颜色面前，忘掉黑。

原载《内蒙古日报》2004 年 1 月 25 日

赏　赐 [外二章]

大　可

一个人，又一个人，在不停地下跪，又不停地起身。时间在旁边泪流满面。

那些趾高气扬的赏赐怎会来得如此突然？一天之内，大雪再一次从天而降。密密麻麻，让人睁不开眼。

他们再一次跪下来，面对远处那眼睛上方的雪峰拜下去。纯洁的雪峰里住着人们心里的大神。

每天，都有许多人来到雪山上面一块平坦的空地上进行膜拜。对着前方的雪峰把心底的小拜出来，把雪峰上神的护佑和善照入内心。让心里有一片洁白的光。

每年都要来一次雪山，在神峰之下膜拜一下，让三尺之上的神灵知道自己的虔诚。

山石般的信念，在白雪中不断堆积，形成一条坚硬的山脊。

满天雪花，是神的赏赐。飘飘洒洒，落在身上，开始滋润心灵。

我必须在天黑前，顺着那条正铺满雪的坡道下山。怕再晚些，找不到赏赐的出口。

古　瓶

千年前，一个雨后的黄昏，你走出了那群在身边不停舞蹈的火焰。米黄的衣衫在宋朝的风里不断地飘荡。

在民间。一位含蓄的女子，站在炊烟的旁边。

咱们离得很近，你站在博物馆的展柜里，一言不发。咱们又离得很远，在岁月的风里，又相隔千年。风从西南方刮过来，衣袂飘飘——在上风口。我站在东北方向，凝望——在下风口。

如果能穿越到北宋，定会徜徉在汴梁的街头找寻你。烧饼铺、鲤鱼焙面馆、蜜饯果子摊……直找到方向失去踪影。而现今，你就在眼前，身上神秘的纹线在不断向外延伸。在每人凝视你的目光里，走出来。

右转十米，到展馆的进口，只是一个雨后黄昏的转身。

你就是那个辗转民间多年的古瓶，走出窑口的那一刻，就一直在躲避，就像人类的文明，一直在明天中后退，不停地后退，直到我们面对面。

渐渐地，一个人与另一个，把分开的手又牵在一起。把碎裂的时间黏合成一个平面，我们在上面行走。

呼　麦

一个人行走在草原上，夕阳经常赶过来，陪着你。

呼麦也会赶来，从你的喉咙、口腔里走出来，驱赶一身的劳累。它是失意多年的朋友。

那个醉了酒后仍执意赶路的人，占据了半夜的时光。

呼麦，一个草原民族的影子，在广茂的青草里浸泡了上千年。

草原上的花儿开了，一见风就低下头。而呼麦却爬起来，在风里摇曳。野草和粗糙的味道在生长。

呼麦，在草原的风里填满自己，准备驮起天空的蔚蓝。

我侧卧在草丛里，看着呼麦的身影在野草的根部穿行而来，得到了时间的再一次修正。呼麦，那个成长在草原的男孩，有种透明的忧伤。走失在草原的最后一个傍晚，是植物界收藏的一个副本。

原载《散文诗》2024 年第 6 期

时光葳蕤 [组章]

叶如槿

午 后

知了声，渐渐低沉了。

狗趴在阴凉的檐下。桌子上有一盘青涩的杏子。满天星的干花，插在一个大口花瓶里。

一个人的身影，进入一支曲子的睡眠部分。那里，躺着一根喑哑的弦，等待被人拨弄。

寂静，会在某个瞬间变得辽阔无边。

一些事物很安详。另一些，愁眉苦脸，担心时光的审判。

鸟

它有长长的喙和蓝色尾翼，但不知道它的名字。

整个早晨，它都在石榴树下走来走去，似乎忘记了飞翔。

漫长的岁月里，总有些挠头的事。被猎枪追赶。遭遇一场风暴。避开一只诱捕的笼子。

仿佛洞悉了什么。没有哪只鸟像它那样，果断地让自己停下来，反反复复地思考。

这个早晨变得不同寻常。只有火红的石榴花还在盲目地开放，不清楚为什么那么热烈。

老 宅

两面院墙都塌掉了。杏花年年开，杏子没人摘。一只蝉，一个夏天里一直在唱。野草蔓生。突兀的红蓼长成了一株小树。大雪覆夜。有些往事偷偷跑出来，在岑寂的雪地上一遍遍徘徊。

大爷爷的魂魄不在这里。当年，一群乡友来到家里，一番宣传启发之后，他就跟着他们走了。他参加了革命，成了一名地下交通联络员。二十七岁的他，就这么离开了家乡。

家人寻他多年，未有音讯。

大爷爷的父亲说他是只大鸟，家在天上，飞不回来了。

可我相信，大爷爷曾经回来过，不得已的缘由，没和亲人见面。他心里始终有座庙宇，供奉着良知和正义。

斗转星移。

老一辈的人，都陆续消失在岁月里。年轻一代，住进了城里的高楼。老宅空了。风雨摧毁了它的样貌。而有些深厚的东西，始终磨灭不掉。它传承下来，那是做人的根本。

惶恐录

——读《九三年》

克莱摩尔号巡航舰，在浓雾里破浪前行。

甲板上，那门挣断炮索的大炮，忽然就滚到我的梦里来了。眼看着，压过了我的半截身子。惊叫中，我飞快地转头，翻滚，躲过了血花四溅。

朗德纳克不见了。只有一个孤独的炮手，立在船头。我看着他。他看着苍茫的海面，浪花翻卷。

我四周的波涛，越发汹涌。

那门大炮，巨兽般撞击我的棕藤大床。

夜色里，它剧烈颠簸。更不幸的是，飓风又起，床体一下子被掀起，继而迅速沉入海底……

囚在时光里的人

——读《阿斯彭文稿》

朱莉安娜足够老了。她在小说里活了一百五十年。她的整个府第，都弥漫着她身上腐朽的气味儿。

可她心里的火焰从未熄灭。她的阿斯彭从没走远。

在某个深邃的时刻，他会乘凤尾船，进到那个阔大与空寂的宅子里，对着百叶窗轻轻呼喊。

蒂娜和奥林匹娅都睡下了。

运河上传来清浅的低唱。他们静静看着对方，所有的话语都在眼眸里。

极少有人知道她还活着。他永远知道她还活着。只是，月影里的人伛偻了。

他始终一言不发。她也没有表达。

当月亮擦过枝梢，移向更远的地方，他顷刻转身，走进了岁月的辉煌。她听见了船桨击水，节拍里有苍凉的意味。

不是在同一个时空里相遇。他在一百年前就去世了。

而她，还留在这个陌生的时代，画地为牢。她守着他的肖像画和文稿，守着夕阳的余晖，深居简出，仰望时日。

直到有一天，一个怀有目的的人来到威尼斯，以一个还不算牵强的理由，拉响了博尔德罗小姐家的门铃……

爱情一再被时光考验。而人性，何尝不是这样。

古老的院落，一场较量已经开始了。

雪

天空的花朵开始飘落。

不是为了祭奠某一个身体。兀自盛开。自渺远深邃处。

有时候，它也会变成乌云。在乌云的阴影里，站立着一个灵魂。

街　头

画中的大雁在飞翔。墨点一片。柳如烟。波光闪闪。远山仅是几条简短的波状线，两三抹浅青，随意丢在上面。

天空深远。寂静是一种辽阔的轻。黝黑的泥土，正等待一场播种。

人流和车辆反复地经过这里。很少有眼光投向这面墙。墙上的画，像一幅涂鸦。它被繁华的街景湮没了声息。

不远处，立起来一个巨型广告牌。有一座豪华商场正开业。流光溢彩的建筑物，在夜色里无比夺目。人群络绎不绝，进进出出。浮夸的灯影。兴高采烈的面容。无言的喧嚣里，盛大的空虚在金色牌面上缓缓流动。

都是生活的写实。我更偏爱那种孤寂的自由。一寸一寸的光阴全都属于自己。

纷扰的街头。忙乱的脚步。此刻，再把目光移到墙上，那雁阵似乎渐飞渐远。它们很快就会穿越西湖，看见梅枝，鹤影和林逋先生。如果飞得更远，还能见到南山的陶潜，正对菊吟哦，一脸惬意。

原载《散文诗》（上半月刊）2023 年第 12 期

辑 八

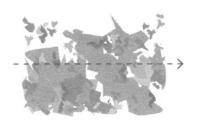

你看，台上的脸 ［二章］

李佑启

黄梅戏:《天仙配》

"自在飞花轻似梦，无边丝雨细如愁。"

黄梅时节，洞庭湖的水啊，何其丰盈！

于是，一场大雨，冲到了安徽。

山歌，秧歌，采茶灯，花鼓调……

然而，石头与黄土终究不能充饥。走吧，为了干瘪的胃囊，向北，一路向北，先农村，后城市。

水一样的柔情，水一样的柔美，水一样的柔顺。

汉剧，楚剧，高腔，采茶歌……

茶水一样沸腾，茶香一样婀娜。

人的一生，不就像煮茶么？

唢呐循着唐诗的格律侧身而来。胡琴顺着宋词的平仄踽踽而至。

不是汉乐府。是朝露一般淳朴的民间！

太白湖畔，多云山区。鱼米之乡，何曾缺乏龙门？

长江北岸，地势低洼。然而，蓝天白云之上，哪一只雄鹰不是从低处起飞？

饿啊！先说生存，再谈生活。居庙堂之高者，言"肉糜"！

梅子由青转黄，那不绝如缕的万千雨滴，跳跃于万千鳞鳞瓦片之上，聚于万千瓦槽，汇于万千屋檐，集于万千廊下。那敲击声，那流动声，相随相和，犹如千万根玉指轻抚躁动的灵魂！

是夜，月光如水，淹没了乡愁。

那蛙鸣，那虫声，新透绿窗纱！

"树上的鸟儿成双对，绿水青山带笑颜。"

那是天籁啊郎！只应天上有。

因为，每一滴雨水，都来自他们的最高海拔。

当善良与勤劳相遇时，定然擦出最美最美的心灵火花。

（人间烟火，最美的模样，也无非就是一个"情"字，一个"爱"字。）

当仙女与凡人相遇时，勤劳与善良同行，岂能不是绝配？

（难道，天庭最美的模样，就是不能拥有人性？）

其实，只要生命的戏台还在，梅子黄时，专属于你的那棵"槐荫树"，也一定还在！

而且，正摇曳生姿。

豫剧：《荆轲刺秦》

内心大雪纷飞的人，他已经不再惧怕任何雪意。

上苍已经恩赐了足够多的凉薄。他渴望的，是呼应骨子里的纷纷扬扬。

打袖，正搭臂袖，反搭臂袖。再打袖，再正搭臂袖，再反搭臂袖。又打袖，又正搭臂袖，又反搭臂袖……

那不正是中原大地上生生不息的人间烟火么？

长袖左甩，右踏步。长袖右甩，左踏步。

长袖如水。那如水的长袖啊，不正是亿万年黄河水的灵魂么？

黄土有多厚，人情就有多厚！

河水有多长，世故就有多长！

黄河两岸的每一株麦子，都是"常香玉"，每一株高粱都是"陈素真"。

每一抔黄土，每一片雪花啊，都是剧本！

瑞雪兆丰年。

然而，能否兆见黄土地上的燕赵悲歌？兆见慷慨激昂的身影？

豫东——"高粱棵子里的戏"。

豫西——择块空地，"靠山吼"！

只是，那梆子，却是每一片雪花共同的梆子。

雪花不分东南西北。

只有那黄河水，九曲十八弯。

《孟姜女哭长城》时，《花木兰》正在《断桥》《西厢记》……

岂一个"壮"字了得？

"风萧萧兮易水寒，壮士一去兮不复还。"

抖一抖肩头的雪花，掸一掸胸前的冰凌，壮士一跺脚，历史就会打个趔趄！

假如我是太子丹，我会携手秦王。

假如我是秦王，我会携手荆轲。

假如我就是你荆轲呢，我也会选择匕首！

即使早已知道短刃与长剑决斗的结果，即使早已知道匕首是双刃的，我也会选择血溅五步！

这是黄河水的秉性。面对万劫不复的深渊，哪一滴黄河水会选择退缩？

这是黄土地上每一串麦穗每一束高粱的基因，或者，渊薮！

看起来比小麦还小的尘埃，实际上，是比高粱还高的丰碑！

原载《草堂》2024 年第 8 期

农具咏叹 [组章]

韩　峰

耙

耙，已经穿越了一千五百年以上的时光隧道。它走过北魏贾思勰的《齐民要术》，走过元代的《王祯农书》，又穿行在古代诗人的诗行中——"异类中行，拖犁拽耙"；"老夫忍饥特未死，犁耙典尽春无牛"；"岂谓业级逃不得，依前拽耙与牵犁"；"潮来潮退白洋沙，白洋女儿把锄耙"。更形象更有画面感和动态感的，当数清代胤禛（雍正）《耙耨》中的"耙头船共稳，斜立叱牛行"了。

耙是犁的小弟弟，常跟在犁的后面跑。它用自己的铁齿，将大大小小的土坷垃咬碎，将杂草或残留的庄稼的根驱除，使波浪形的土地平整如镜，保持水分，松软似胸。它是土地母亲的美容师。那大大小小的土坷垃，就好比脸上的粉刺疙瘩；那杂草，就好像秀发上沾上的柴草；那残留的庄稼的根，就好似脸庞上长出的刺猴。经过耙的美容、梳理，土地母亲才能梳妆一新地去孕育新的绿色生命，为五谷丰登奠定良好的基础。

我曾经很羡慕耙地的老农。蓝天白云下，在布谷鸟悦耳的伴唱中，在刚犁过的宛如大海波涛的土地上，他们站在行进的耙上，时而放开嗓子"嘚嘚"吆喝两声，时而虚张声势地甩一个响鞭，是那么悠然自得，那么潇洒自如，那么天人合一。而当我上山下乡接受贫下中农再教育，真正站在行进的耙上时，却深感并非易事。

耙与土地如两地分居的恋人，每年春秋两季相会，比牛郎织女多了一次。每次的相会，耙都非常珍惜，总是那么细心贴心地为土地梳妆，尽管自己被人踩在脚下，弄得蓬头垢面。当然，耙也理解，人踩着自己，也是为了土地的好。有人甘为人梯，自己怎么就不能甘为人耙呢？

相会总是短暂的。短暂的相会后，耙便回到了农家小院搁置农具和杂物的棚下，或牲口棚院里的墙根下。但我想，它的心肯定还留在广袤的原野，即使进入休眠状态，它的梦，可能还在那片熟悉而亲爱的土地上。

耧

战国时期，耧就有了独脚和双脚，在世界的前列行走着，骄傲自豪，昂首挺胸。汉武帝时的三脚耧，更是独领风骚，将播种效率和播种模式，摇向了新的天地。

耧，凝结着古代劳动人民的智慧，承担着"春种一粒粟，秋收万颗子"的重任，贡献巨大，功不可没。

上山下乡的洪流，将我冲到了耧的身边，得以近距离地审视它，了解它。

耧是位音乐家，它画出了大地的五线谱，又在五线谱上谱出了绿色的、金色的乐章。这乐章，从南方到北方，响彻了祖国大地；这乐章，寄托着千家万户的五谷丰登丰衣足食的希望。

耧是位画家，它在平原、丘陵、水田、梯田画出了不同色彩不同风格的线条，舒爽着人们的目光，绚丽着写生的画板，闪亮着摄影家的镜头。

耧是古代诗人的灵感，在王安石《和圣俞农具诗十五首其九·耧种》一诗中，"行看万垄空，坐使千箱有。利物博如此，何惭在牛后"。在清末名士高心夔《将之建昌县其一》中，"农父惜春半，晨出耧东菑"。

试想在"沾衣欲湿杏花雨，吹面不寒杨柳风"的阡陌的清晨，东一簇西一簇的迎春花连翘花竞相绽放，布谷鸟一飞冲天，声声鸣唱，少者牵牛，老者摇耧，牛铃摇着春色，那是何等的田园风光，何等的悠慢时光。

迅疾而来的轰鸣的农业机械化，早已将传统的农耕定格为一幅幅水墨画。

幸存的耧和犁、耙等兄弟在博物馆的灯光下，或促膝交谈，回忆与牛、与人、与土地亲密交往的点点滴滴；或感叹时光的飞逝，感叹它们的后辈长江后浪推前浪，青出于蓝而胜于蓝；或向走近它的各色人等讲述曾经的辉煌。

原载《民主协商报》2023 年 10 月 25 日

帕米尔高原的金草滩 [外一章]

张咏霖

雪山巍峨。

金草滩在帕米尔冰冷的视线里。

塔什库尔干河走得匆忙，它的冷漠是盛大的。它也许像那匹已经

满眼血丝的马，不回头，不迟疑，不道别……

秋天再一次经过这里。丰腴的水草是诗人的记忆，这里的寂静没有污染，

露珠在清晨没有疼痛。

而晚霞将散。

而我在这里竟然迷路。

而金草滩的马越走越远……

雪山巍峨。

金草滩在我的温暖的视线里。

匍匐在你的脚下，我只有仰望

匍匐在你的脚下，慕士塔格峰。

匍匐在你的脚下，我只有仰望。

冰山之父。这一生，冥冥之中，我能够来到你的脚下，该是何其幸运。

我不知道什么是探险。斯文·赫定穷极一生，丈量了茫茫西域，辉耀了茫茫西域。他一次次从你的脚下起身，试图走近你的头顶，走近一个巅峰，感受与阳光一样灿烂的荣耀；他一次次又回到了你的脚下，回到了群峰簇拥的你的凛冽、你的威严、你的冷漠……

　　山鹰依旧盘旋，凉风依旧呜咽。

　　他的遗憾是登山者教科书的序言。

　　我不知道什么是朝圣。柯尔克孜人世代依偎着你脚下的牧场与河流。所有花朵的绽放，不仅仅呈现着美丽，还会述说着每一次的遇见。

　　感恩是每一天例行的太阳，

　　感恩是每一片向荣的草丛。

　　而我，是从哪里来的呢？污秽喧嚣虚伪狂妄充斥着我的行囊，我怕我的莽撞亵渎了你的高洁，我怕我的无知玷污了你的神灵……

　　我的猥琐从梦魇里开始忏悔。

　　慕士塔格峰，我迷惑而又欣喜的遇见。

　　我是喀拉库勒湖边的一枚石子，匍匐在你的脚下。我只有选择一个合适的角度，朝你一次次深情地仰望！

　　因为山在那里。

原载《诗刊》2024 年第 1 期

河 岸 [外一章]

庞 白

河岸是世界上最甜蜜，也是最残忍的存在。

河水的方向，永远是背叛的方向。

风中单薄的木门也一样，有时能听到"吱"的一声，有时一丝声音也听不到，但是原来用来遮掩的木门已开合数次了。如果不是风停，或有人将门关起来，木门一整夜都会在打开和闭合的循环中。

一刻不停的流水和风中开合的木门，它们会是什么样的一种心情？

——聚合，分离；不断聚合，不断分离。

而我一直期待的是这样一个消息：停下来。

只是，一切都消停下来的时候，水和风可能又会成为另一种可能，比如一把钥匙——打开秘密，或者成为更严密圈套的帮凶，锁定未知。

左江水，五颗石子

桌子上的五枚石子，井然有序，像一朵花的五瓣。

多年来，我喜欢把这些小东西，安排在一起。我自以为是地想象它们也在寻找这样的机会——

五个脚丫，一脚深，一脚浅，终于穿过恍惚，聚到了一起。

但是，左江水，很快带走了我摇晃的猜想。

取而代之的是江面上那些流动，动里的静，长短不一的闪烁，江边停留的人，以及去向不明的雷鸣。

原载《诗刊》2024 年第 4 期

触及最深处的柔情 [组章]

乔书彦

喧嚣中的那抹蓝

繁华与喧嚣如阵阵浪涛,冲刷街市深处的糖果店。炒花生不愿虚度阳光下的盛宴,敞开积蓄许久的力量,趁白云掠过的瞬间,把热烈的气氛推向至高处。拧出麻花般脆香的口感。独特的旋律和布局,成就了一段舞台上的佳话。

创新与传统交融时,霓虹在夜色里起舞,碧树桃花锦缎般向远铺开。忽然想起某日去某地看菊展,遇到炒花生的商贩,不顾等待的食客催促声急,坚持走完整套流程。原来,固执的坚守,是沉淀下来的一锅脆香的炒花生。

偶遇湖边独自开花的梅,意外之喜抚摸风尘中的脚步。有那么几年,我捧着几册书,走五六里路,在梅树下稍息,治愈穿越闹市染上的浮躁。炒花生的商贩上年纪了,竟也一路寻过来,于僻静处垂钓。相隔十多米,融入静坐中。

梅,无声地绽放了一年又一年。后来,糖果店搬到了湖边的剧院旁,吃炒花生的观众换了一批又一批。不变的,是喧嚣中的那抹蓝。

庭院深深,搁着一盘炒花生。

抵　达

青鱼被腌制。岁月带着咸味。

花园里,足音纷纭如心事,草木间的雨露,消散后又聚拢,透着艺术的魅。厌倦了促狭。月季靠近又退远。小兽隐入云层,盘旋的身影,通过词语靠近湛蓝。柔情打开道路。掉进时光里的音符如璞玉,被打磨的过程,如花园开满锦葵和苜蓿。奇迹是一块玉雕。煮沸的咖啡倒入杯子时，烤馍片摆上了桌。布谷鸟在鸣唱。存在于内心的期待，在啁啾鸟鸣中，竟如向日葵般绽放了。

公交车驶过拖沓的钟声，那些容易被忽略的路段，插上了醒目的标示牌。混入人群成为人群的一部分，走出人群又成为了自己。为了欣赏内心的风景，鸟群飞过山河，翅膀带来奇迹般的震动。喝咖啡的青年，走进图书馆，找到了一本书，成为角落里最安静的人。

他牵着羊。草地在两山之间。

他们摘了一篮苹果，走过木棉花。

喝完最后一口米酒，他们还在商量下一步的去向。未来的旅程深远，用行动表达内心。足音融入到最平凡的事物中，期待在这飞奔的时代，在驰向未来的高铁上，有自己的座位。蝴蝶不知道自己是蝴蝶，锦葵不知道自己是锦葵。收拢翅膀的鹰，静立在树枝上。

在创新者的布景里，月季又变回月季。找到落脚点，遵守某种约定，给人生镀上个性鲜明的颜色。月光倾泻而下，靠着灯柱听着夜风吹拂过银杏树，不远处还有一棵木棉。在此处静立，颇有助益。逛夜市的人们拥有在此处行走的密钥。进入黎明后，突然想不起来：自己是谁。忘记自己的人转过时装店，发现自己仍在。我蹲在街边，吃了一碗鸡蛋肉丝炒河粉，身边是一棵开花的木棉。

足音融入草坪，道路通向某处。

某处并非虚无。

小兽从未乞求。手掌温暖，擦亮了内心。期待有更多机会沿着花径深入老城，欣赏锦葵的炫舞。岩石与晨雾，在江滩交错着坚固与柔软。

逻辑的足音蹚过街道。

契机，是木棉花开。

信　任

进入，自有行走的方向。

在晚开的丁香和玉兰之间，一朵蒲公英可爱而低调。深知，拥挤处也有层层台阶，沿着喧嚣的市声延伸到古渡口。城的深处，竟如此安静，如偏僻的边缘。渡轮好久没来了，那年的船员，行走于市声喧哗中，拖鞋的踢踏声，符合他此时的生活。蒲公英的绽放，将会摆脱此处风雨，抵达玉兰难以理解的远方。我长时间的寻找后，终于在青草和鲜花之间，看见拱出泥土的蘑菇，尽情吮吸触及内心的那滴玉露。

信任，是缠绕在枝杈间的芬芳。

旅途，炫彩如深度诱惑。

小葫芦进入阳光照亮的琅轩，打破旧办公室的格局，开启新的工作模式。信念投掷在半本稿纸上。获得助益。他相信在拂过山峦的风里，词语在行走，被重视的程度不亚于保护新发现的物种。月季在合唱，如同信任落在实处。鸟儿在湖畔啼鸣，仿佛种子植入内心。小葫芦破开泥土。旧窗帘如塑料花陷入沉思。桃子绽开诱惑，吉他在湖畔静默，如蒙尘的璞玉。无论投向何处，都能发现奇迹的丝线，编织华丽的锦衣。又见蒲公英，绽放时，已没有渡轮的喧闹，唯有拖鞋的踢踏，触及此处的寂静。

此后不久，开车兜风的人沿着江堤，雪景铺开如镜面。植绿人在不远处看星星。哨声引起骚动。天空湛蓝而江水浑浊。街灯柔和、清冷。沉入色彩纷乱的冥想，松枝吊挂的冰，以被鸟群惹火般的速度冲撞。色彩在翻卷。

城市古渡口。回响逆行的足音。

复归尘世。

通过舞之薄纱，撩起轻愁。铁铸的雕塑，刻画出破网的鱼群。鸥鸟逆风飞翔，潮水在涨，雪隐藏于夜之冰冷。突破困境，云层滴落的盐，触及坚冰，收纳靠近的灰尘。雪覆盖深色鱼群，动能转化为势能。超越欲望，音符在跳舞。雪，没有持续多久，就转化为满城樱花，命运的柔情。后来，我走到古渡口，接受了一个事实。顺水而去的旧日足迹消融于樱花飘落处。

找到相处模式，线条赋予美感。

深处，抵达者不能免俗。

枳 椇

在时间层交错。融入风的缝隙。

辣椒的脾气、白菜的层次、藕的心眼、电线杆的直，属于尘世的光影，呈现在旅途。沉默的银杏果，落进秋日午后，如荡起涟漪的树叶，那般轻，落入最低处。枳椇寄居在被岁月浇筑好的枝杈间，成熟是一块玻璃，倒映生活酝酿出的所有的甜，抵达秋后最深处的那片地域。枳椇戳中内心那块最柔软的草坪，吃着棒棒糖，站在树荫下，期待一个离开的理由。

叶子在台阶上挪动，一阵风吹过，压住缝隙。各人所牵挂的事情，不尽相同，没有足够的理由推诿扯皮。借口是一面镜子。事物存在差异。评说显得突兀，且无力。雨水使得地面光滑。调音师扶住墙壁，演出继续，舞台仍在挪动。

小花园里，蚱蜢跳过一茎草。

枳椇没有遗漏秋的要点。

携手同行者披着薄纱，在中秋节到来前，练习锣鼓，期待最出色的演出。嘴唇焦渴，期待雨露润喉。迈过几道坎，在花径与时光争辩。摘枳椇者意识到深秋并非难以描述，日子平淡，散坐于树荫，计算未来的阴或晴，却有意忽视眼前的连阴雨。没有足够的强度抵御狂风，便在内陆构筑城池，可供探索的远山，在一声声猿啼中，把我们带回现实的港湾。

锣鼓力透纸背。鼓槌提升了欢悦。几个游客打开食篮，取出花卷。我们吃着快乐的牛肉粉。辣椒、白菜、卤藕拉近距离，直到走进公园，前路没有曲折。更换广告牌的工人，踩着奇花异草，走在时代交汇处。

枳椇不是假笑的塑料制品。

吃一片面包，扶正脆弱的神经。

集市打开了想象。街道朝前延伸，如缝补蓝天的那根粗线。糙米卷、葡萄干、苹果派被枳椇融化，瞬间，解开愁绪。带着某种满足，在城乡接合部吞咽秋日桂香。彩云如团扇。激情陷在锣鼓声里，狂热在燃烧。

深秋的甜糯，是保守的枳椇。

枳椇是生活的调味剂。

踏入尘世的足音如石子入水

闲步至此，成为各自生活的操作员。

吃一份红糖糍粑，熬一碗八宝粥。

走出闹市，躺在渡口废弃的小船旁，一抹闲云像洪流中一座小岛。追逐的脚步总是输给时间，干脆停下来，成为闹市中最懒散的人。铸铁隆起的锈蚀，破碎一个变幻的瞬间，成就了一墙涂鸦。铲去了旧痕。研究员捧出来的卷轴仿佛是时代出乎意料的馈赠，浓墨重彩间，一只小家雀栖息于旧日的门楣。在繁华背景之上，高架桥延展向远间，突破区域性限制。

知识的锦缎裳，柔触铁马雄姿。

与旧日告别，接受一株待放的雨滴花。

踏入尘世的足音注定将融入时间。

扭过身，撞见吃冰激凌的一对情侣，他们在寻觅最幸福的时刻。来自僻静处的凤尾兰，在低处找到落脚点，歌声或舞蹈，如软糯的面包片里夹着火腿。周围许多事物都改变了，不变的，是对雨滴花的期许，摇曳的花瓣如珊瑚色的小鼻子。构思生活的甜，把凌乱的足音，装订成整齐的册页。灯光迷醉，浅吟低酌，拨弄一盘兰花豆的酥脆，闲适间，竟成了躲在喧闹中最安静的人。

剥掉糖衣的糖果是迸发的星辰，是深空某处传出来的一声燕语，吐露炫目的词，迷醉了味蕾。从一个巷子走到另一个巷子，观看贴在墙上的地名简介，追着名词和动词奔跑的形容词，如一只狼追逐一群羊。

街对面的糖果店可逛。

绿色曼陀罗漂洋过海而来。

街边大排档，换下工装的青工，把对生活的念头，转化成烤串和美酒。我知晓我的弱点，为了避免难堪的酒醉，打扰到旋转在酒杯里的喜悦，便安静地离席而去。待在僻静处，看一抹闲云在渡口上空，漫无目的游逛。游移中重组的云彩，是时间的奇迹。

闲适是独有的音乐。

轻露如烟。

原载《散文诗》（下半月刊）2024 年第 4 期

青铜的色调，抑或腐朽的铁 [组章]

刘向民

青铜的色调

一群终年耕耘的人，躬身原野。

腰弯了，背驼了。一立身，饱经风霜的身躯如弓，依旧保持着向前冲的姿势，呈现着力量的方向。

脸色红润，红中透着黑，一如青铜的色调，发出沉甸甸的深沉之光。却是已经苍老，憔悴得难以言传。

这是我的父亲，以及父辈们，他们一生依附土地，与庄稼为伍，从没有迈出自己的地界，固守着祖上传下来的家业。

每一天，黎明时分折身而起，蹚着露水，赶往原野，为庄稼施肥、打药、灭虫，一直到太阳落下，才身心疲惫地赶回村庄。

他们不惧劳累，泛红的脸膛，深润着青铜的色调，闪耀着太阳的光泽；心满意足的感觉，就如不停拔节的庄稼，情绪日渐高涨，等待丰收的到来。

他们曾经有着青葱的年龄，被风雨一点点侵蚀，先是额头上被刻下皱纹，直至布满面颊，蓄满饱经沧桑的风云。

经历一次痛苦，抑或经受一次打击，就会划出一道皱纹。谁能知晓，这一道道沟坎，这么深，这么硬，该是历经了怎样的磨难？

皱纹是一条条河，时刻流淌着滚烫的汗水，也会有血液渗出来，浇灌每一个日子，直至让自己干涸。

渐渐失去水分的皮肤，老得太快了。干枯的皮肤丧失了弹性，变得粗糙和僵硬，却能抵挡着风霜雪雨，留下一片阴凉，庇护着儿女，将阳光的温暖传给下一代。

生命也渐渐老去，但豪气还在——

在心里，在竭尽全力的呐喊中。

一块马蹄铁

一块马蹄铁被捡起来时，沾满了泥土。

去除斑斑锈迹，还是一块马蹄铁，倾诉着黯淡的心情。

该是一匹马奔驰或行走时脱落的，之后是以血肉为代价，完成自己的使命。也许是一匹老去的马，只剩下这一块马蹄铁，并以此留下最后的英名。

这一块曾被烈火一次次煅烧的铁，经受百锤千锤的击打，方才拥有了铁青的精彩，一步一个蹄印，筑就一条远行的路。

坚硬的马蹄铁，踏平荆棘，让路不断延伸；踏碎顽石与坎坷，拥有点点火星，照亮前行的路。

一块马蹄铁，有着自己的宿命。它不怕被磨损，只求走得更远，即使奔跑，也拥有那么扎实的稳重。

它走过的路陡峭，堆积着厚厚的冰雪。它一点点踏碎寒冷，将冰雪碾成粉末，筑就坦途。矫健的马走远了，被灼烧锻打的马蹄铁余温还在，绵绵不断，沿着马蹄印渗入泥土，之后还会长出一地青草，涌起遍及天涯的苍茫。

踏着风，踏着云，踏着雨水，不畏太阳的暴晒。或者漆黑的夜晚，沉实的响声霍然而起，顿时化解了千年万年的寂寞，漾出一地温暖的春风。

我想，这块铁的夙愿是善良的——只想成为一块马蹄铁，而不想成为刀剑，挥戈人间，涂炭生灵。

是的，当把它捡起来时，虽然腐朽了，但魂魄还在，依然保持着坚定的精神，只求以平民的身份走入民间，走遍千山万水，履行永恒不变的使命。

二胡声声

一个人，在空旷的院落里。

空旷的院落里，只有一个人。

一个人对着月光，拉起二胡，凄凉的调子压抑着虫鸣。

终生为伴的人，已撒手而去，只留下挥之不去的眷恋，只留下心疼。

青春的日子已翻过多时，甚至记忆都模糊了。磕磕绊绊的事情很多，如过眼烟云，风吹云散，许多的事情依旧留在心里，有幸福，也有辛酸，都顺其自然，让人回味。

经受的那些风与雨，穿过的那些夜与昼，更多的是平淡的日子，把自己踩成了一条小路，直到头发花白，安之若素，在光阴中老去。

儿女早已离开村庄，在外成家立业，这里已成为他们的故乡。为他们高兴，又有着隐隐的担心。世上没有平坦的路，更多的是碰壁，甚至头破血流。

他一直想，守着土地，守着老家，与熟悉的事物同在，哪怕天天重复做着同一件事，也是幸福的。

时光被渐渐风干，飘飞的大雪铺开绵绵的情愫，被覆盖的麦苗经受着寒冷，从不埋怨，只等着春天，蓬勃而生而长，扬花吐穗灌浆，结出一颗颗饱满的食粮。

声声二胡有着亢奋和激昂，龟缩在窝里的夜鸟被惊醒，不飞也不叫，静静地听任二胡的音调，一声声穿透夜色。

树叶落尽，发硬的枝条含着痛，是那么幽静，与整个村庄一样，沉醉其中。

原载《散文诗》（人文综合版）2024 年第 3 期

山河开悟 ［组章］

赵凯云

豳州吟

> 题记：地再大，大不过天；天再大，大不过民生。只要我们虔诚地生活，太阳也会帮我们！

又要写到风，从《诗经》合唱里一路跑来的风，从七月流火遗嗣里蜿蜒而出的风。

候鸟振翅，婆娑树正在生长，勤劳的人挥汗如雨。

秋色涂抹山野，火正在跳跃，贴心地温暖满树阳光，岁月的芦苇飞白头顶的青发，清油灯的村庄穿越火焰和铁锤，飞舞的石头在心底说话。

种子萌芽的清晨，谁会在长风里纵情高歌？

此刻，我在石龙窝食清风，吞明月，在七星台看山听水，听幽林中的鹤鸣。龟蛇山上公刘早把家训和粮仓刻进后辈的头颅。

泾河的水漫涌上来，翻滚的泥沙沉落下去，高于水面的是金光四射的红鲤鱼，低于人间的是悬浮旷野的神灵。

天空暗下去，我看到耳朵与耳朵窃窃私语，翅膀和翅膀齐头并进，心口和心口抵足而眠。

苍空下的人民倒下后又重新站起来，抱愧而行的人正在河对岸饮酒对歌，诗经里翩然起舞的人，妩媚的神情生动着千年来浑浊的眼睛。

此刻，正是黄昏，落日只照我心，风只吹进故乡，血只淋进新鲜的骨髓。

我要陷进爱和苍空，陷进水泼不进的巢穴，陷进万劫不复的柔软和温暖。

幽州，你就是安坐我体内的神，你就是我自娘胎里吞服下的一粒定风丹。在随遇而安的流沙里，攥紧自己想要的金子；在冰冻三尺的皴裂里，能捧得住炽热的炉膛。那么多或感动或憎恨的陈年旧事我不再提，也不想提。

二十余年过去，祖父祖母的音容笑貌，碑文一般让我疼痛和深刻。黄昏虽大却容不下我的哭声，风吹天远，却吹不远我内心的思念，吹不走大漠的长日和云烟。这个黄昏，祖父母寂凉的呼吸，把所有的光阴都抽走，把所有幸福的日子都啄空。只留下一片白，一截骨头般的冰凉。一口薄薄的棺材，把他们一生的和善，一次性交付黄土，一次性交给泪水，一次性交与祖宗的幽暗的灯台，从此他们不再喊我。我空空如也的心，也不喊他们，不再喊他们的好，他们的陈腐和倔强，不再喊疼他们给我的无数难眠的黑夜。

黎明或黄昏的风刮过，村口的皂荚树孤苦无依地站在失陷的阳光里。站在渐渐失语的方言里，站在日渐失传的族谱里，败血症和类风湿让它几欲倒掉和坍塌。

我渐渐从我的骨血里出走，让我的秉性，从我体内的盐分里蒸发，在食古不化的坚守里，我一袭布衣，笔指长空。踉跄地奔跑和咆哮，烙在胸口的胎记对心跳的岁月做一次诗意的追问，对苦难的过去做一次强有力的射击。

今夜我的睡梦是雪亮的，照亮月光的内心。蟋蟀的高歌，在长风的抖动中渐渐高亢。

这一夜，大地飞白，星暖人心，泾河被泪水抱着，侍郎湖的水被玉裹着。在一曲苍凉了绿的诵吟中，我按住胸口，按住我 35 年前第一次人世的啼哭。

这一夜，我从种子的来路找到自己的归途，从芨芨草的前身看到自己的来世。

这一夜，诗酒三千的我，泪水，金子一样从体内涌出来。

这一夜，我的心一直在飞，无边的幸福大于悲伤，温暖的青冢大于崩溃。

这一夜，顺着地气的走向，我攥住镰刀的光芒，通过树的脉络捧住先祖迁徙时的汗水。

这一夜，兵荒马乱的日子，体内沉睡的子弹化为数九寒天的冰场，板结胸腔的盐碱地化为良田十万亩。

这一夜，祖坟的光大于骨盆的辽阔。

泾河书

泾河就打我的骨头经过，咆哮的水燃烧我的血液。

祖先的尸骨埋在下河湾的皂荚树下，他倒下时，我挺立。

我用河滩的石头敲碎头颅，用太阳的光芒描亮翅膀，两头奔突的兽把我叫醒。我睡眼惺忪地坐在大风里想起前世的佛，莹玉般的月亮上飞出一只蓝蝴蝶，在公刘的梦境翩然。

丝绸路上的渭北高原牛羊肥硕、马匹成队，慈祥的爹娘，头顶霜花雪白。泾河的脉搏里有我的血液，我的胸膛有泾河的灵魂，生命在堤岸上盛长出一片雪白的梨园，多么激荡人心。静默的群山多像沉默的围栏，圈住马匹的蹄印和飞扬的缰绳。

许多年以前，河神便与先辈们，在流水里一起打捞希望的船，

打捞烙在船顶之上的青铜车辕和悬在头顶上的灯盏。

我熟悉他的身体和呼吸，如同熟悉奔涌在我体内不安的赤色，

那些跳跃的句子闪亮着瓷的光洁。我相信狂舞的狮子和豹子，在黑夜中追逐过烈火和星辰。

母亲带着伟大的痛苦分娩，黎明玉一样白。

唢呐声响起，锣鼓震天，五千年的棺椁在火化场化为喜鹊的语言。

我乔装成一滴水再次返回天空，回到海洋怀抱中的故乡。看复活的先人们舞动一个簇新的时代，看高粱、大豆、荞麦在土地里萌发和攀登。

水内心的光芒谁也无法抵达和超越，树叶的语言谁能读懂？

就如时光无法超越姓氏和血脉，就如游子的目光读不懂脚步。

峥嵘岁月里，泾河经常抱着火药决堤而出。飞驰的汗血宝马啊，它杀气凛冽，威名无边；它攻城略地，让我倒在家园的沙砾里，生也罢，死也罢！

更多的时候，我怀抱自己的骨头和内心，站在日月光辉的天空下，澄明，但不孤独。江山依旧鲜亮我燃烧的生命和版图，许多年了，我的家园和村庄在我奔腾的血液里安眠。

我在奔跑的河水里，在一粒沙子的眼眶里开出一朵白色的花，

并用泾河不屈的脚步，温暖了居住在河边的太阳与孩子。

而我的先辈倒在逐日的路上，茂盛的桃林在汗水里延续。

我看见他苦难而灿烂的脸庞，我更看到他川流不息的气质和昂扬的歌声。

我知道他们回不来了，骨头暴晒在烈日下，谁的嗓音沙哑，谁站在坐佛的心门外，两手空空？

这冰火两重天的人世间，好在我还能站在金边的乌云下，看凤凰的舞蹈，听龙的歌唱。

这恢宏在我骨头和暗火中的婆娑树，让我恨，让我爱，在你不屈的怀里。

在红碱淖

不仅是鸟飞到了天上，又跌向了水中；

不仅是一滴水，升腾成另一滴水；

不仅是一朵火，燃烧出另一朵火；

不仅是一瓣蓝，纯粹出另一瓣蓝。

在红碱淖沉醉的眼眉里，在麟州酒燃烧的长风里，喝下豪壮，喝下人世的苦和毒，喝下前世的女人和情爱，喝下背负的幸福和罪孽，

喝下祖辈的汗水和泪水。

在二郎山的超度里，在九龙山的诵经里，在秃尾河的飞升里，在一生也走不出的红嘴鸥的眷恋里，双膝跪地，双手合十，叩拜、救赎

断裂的石碑。

回荡耳际的，还有沿着山梁弥漫的快乐和忧愁，烈日下蓬勃生长的沙枣花，还有那些消逝的和将要消逝的鸟羽、旗帜和玫瑰，面容姣好的诗人，还有高昂头颅的向日葵和从月亮中升起的美人，妖娆的美人，一杯便醉的美人。

叹息的光阴比手掌略低一点，不死的答案还在风中飞。

九只神鸟的鸣叫，便是九只太阳的遗世，一次又一次，一声又一声。

清脆的响声像天籁歌唱，像抵达峰顶的欢叫，像打更人的鼓点声，像海上生明月的从容。

在仙子定居的神湖之上，在灰色的山岭间，在一望无垠的蓝色中。

白色的云朵，多像一只只羊羔，将人心的画板啃绿、抚蓝，让体内的河山低成泥、低成土、低成芝麻的根部。

在红碱淖，在遗鸥孤独的滑翔里，在"夜凉吹笛千山月"的豁达与畅亮里，忘记爱的低谷和高潮，忘记人生的悲凉和壮美，忘记滚动在肋骨上温热的血。

在隔世的落日里在日渐沉默的沙丘里，用一只蚂蚁挪动一粒米的幸福，用一滴麟州酒的纯美和热烈，给抒情的笔端注入氧气和火焰。

然后，用刀刃的力度，把潦草的生活

抹掉——重刻。

窟野河，九曲回肠的歌

时间走在路上，走在一去不复回的流淌上，走在秃尾河的源头，走在窟野河飞驰的步履上。

那些歌唱和高蹈的人，飘落的叶子一般轻，时光的秒针在一天天催人老去，而水的容颜依然红润通透。

簇拥在岸边低语的蚂蚁，热恋中的松鼠，一次嘹亮过一次的鸟鸣

在头顶、耳畔，在日渐丰盈的腰身上安居乐业。那些倒塌在镜子中的谜语，将过往碎裂。

一场大雨落下，桃花的衰老和零落无力阻挡，那就用低头赶路替代怯弱的

脚步吧！

用麻雀的翅膀为你送上火，送上跳动的温度。

在窟野河，时光就这样远去，让辗转梦境与理想中的热爱高一些，

高举的头颅低一些，被命运的枪声惊飞的秃鹫，飞翔时直上九天、歇息时紧贴地面。

谦卑的叶子外表柔弱，而内心，佛一样高远和强大，碎掉的骨头，粉末还飘在风里。

这浮世的悲痛，支楞起耳朵，偷听风中的呜咽。

众神之上的鸟羽和浮尘，一路奔突，一路跌撞，用忍耐、宽容，用承担，用俯下去的低，叩问和呵护内心肆虐的悲伤。

与生俱来的悲伤，大雨倾盆的悲伤，摧毁又重生的生命尊严的悲伤。

原载《散文诗》（上半月刊）2024 年第 1 期

闪　电［三章］

孔德超

雨雨雨

雨，刚下时最有氛围，世界突然就变小了。簌簌声落下如海浪翻滚，图书馆成了航船。

读诗的我，不就是旅人吗？

思想大可摇荡出帆，可行得久了，不免被淋湿，读的诗遂也有了潮润之感。我不太在乎这期间生发的，海的馨香，只怕某些珍贵的物品也浸坏了。

譬如，我的心。

我的年轻的心，是一本还未写上标题的书。打湿了封面，内中字迹就逐一显现：那是我最不愿，也再没有忆起的——

那是道别时你轻声的诉说。

知你在我书中永存着，是我的最幸和最不幸，它们同时发生着。想到这儿我不禁颤抖起来，晕船似的。

但，我没被这闪念击倒，幸我已有丰隆的羽铠，挡你那多年前发出，而今仍锋利如电的，俏丽一击。

去舷边吹吹风，冷静一下吧。日暮少了红霞柔光，给我寒冷的错觉，你也有同样的感觉吧，我最了解的。

我写了一些关心的话，但不敢再寄给你看，不如趁此远行，抛诸熹微彼岸吧。不过，它也没有幸免于难，打湿了。

捡到的人，记得擦擦再看。

闪　电

这一束闪电，是献给旷野的真诚祝福，或者尊敬。高压电塔在一旁震悚不已，和枯树一起闭上眼睛。

闪电淋湿的，我记起了什么呢？一片被天文学分割的田野，或一片流云老去的灰暗。奔跑，是不可多得的自由，或许是野心，如果询问你遗落在身后的，影子的年轻。

我们的年轻，像飞机飞向晚霞的决绝；我们的观望，像山上闻到的清醇月光。但我仍然忘记了你头发的颜色，像忘记了时间的，野蛮。

这宽容似乎来自未来，或许来自旧年岁，你微笑的那一次回头。我们并不像骏马一样疾驰，可天空依然扭曲成了，分割两岸的漫长海峡。

世界凝聚成花园中道，华丽而狭窄，处身其中，就只能往前走。我得到了一地芳香的碎屑，却失去了彻骨的，前半生。

直到一场暴雨，点燃凄照野村的路灯，那一棵老树的梦被残忍地打醒。残忍而幸福地，雨中的河送来历史的遗迹。于是我又开始行驶，不是草原上骏马奔腾的姿势，是一匹秋天的列车，在金色的疲倦中飞驰。

那不是我的本意，卷起森林里闪光的红叶，除了让我的记忆更加湿润，还能带来些什么呢？带来雁群飞过，沉寂的教堂之顶？

不，是一束闪电，正中眉心。

灯火黄昏

其实，道路越来越宽阔，睡着的旅人，也许错过了太多。

我们在公交车上看到的一切，没有熟透，但依然俊挺的玉米，或者湿漉漉的秀妩水稻，绝不仅仅是一闪而过的风景。包括金色棚顶对目光的反射，在热度到达鼻息之前，已经显示着灼热的夏天里生命的坚韧。

我们有必要站在原生的泥土上，青草香纤软，烈日里清凉。可云都躲进了室内。小儿或盆栽，请不要着急展现雾中的容颜，我有一扇接待春天的窗户，不是模型、影子，或者 LED 灯的虚假闪耀，而是实实在在的情怀。

正午，透过玻璃，太阳的声音有着滚烫的威胁，可谁又会被震慑到呢？

把云都赶出门外吧，我真诚地提议。

以回纹地板、绿野中的空门、水田中舞蹈的风，或者仅仅以一无所有的躯体，去迎接燃烧一切的光芒。将汗水埋在石头下，看飞鸟与飞机，平行驰过的轨迹。我心中的春意太过茂盛，你看那害羞的云，已生长出碧色的鳞片。

风，轻盈地鼓荡着，让染尘的衣服，漾起了阵阵波纹。

甚至无需侧身，我便已知灯火黄昏。

夕阳——云中的酒，快来为傲慢的热夏送行。我的春天已经湿润透明，在秋千与跷跷板上昂首挺胸，在我的眼里，汩汩如清凉的山泉。

原载《散文诗》2023 年第 12 期

没有伤害的天空 [外三章]

王秋霞

  天空中，飞来一双带血的翅膀。战战兢兢的眼神，颤抖的双脚，试探地落在我的肩上。

  它从远处踉跄着飞来，我一回头，透过翅膀，看见一枚滴血的太阳。

  伸出手，触摸它的眼神。我的眼神，向它的眼神询问。一瞬间，可以意会。

  是人类伤害了你，你又求助于人类。

  这时，我只有一个选项。我把它小心翼翼地捧在手里，轻轻地在脸上贴一下。表达人类的歉意和抚慰。

  孩童时期，我随野孩子们一起，杀过很多鸟，天空中的太阳在滴血。鸟群。无数叫声。哀鸣。惊恐。呼唤。无数翅膀，拍打我的呼吸。

  一只受伤的麻雀被抛向火堆，麻雀突然一个转身，飞落我头上，小爪儿轻叩我头顶，少年杀手心中突生慈悲，麻雀浴火重生。

  我从此不再去那片滴血的树林。

  我把包扎好的喜鹊放飞。它扑棱棱飞上天空。我看着它消失在视野。

  在我若有所失的时候，它又飞了回来，嘴里叼着一个矿泉水瓶盖，瓶盖里的一滴水打在我仰起的脸上。我一激灵。

  喜鹊飞远。那一滴水和翅膀留下一行痕迹。留在没有伤害的天空。

我的乌苏里

奔流千里的大江猛地甩了一个弯。耀眼的江流画了一个耀眼的弧。

岁月的那页，一群人迎着太阳，撑起一叶帆。沿乌苏里江、黑龙江、松花江，乘船逆流而上。

就在江边，抄罗子一插，就是桅杆，就是旗帜。

抄罗子，赫哲人的猎鱼标识。

江畔篝火，萨满舞步。久唱不衰的《乌苏里船歌》从天外飘来。悠远的赫尼那，似喊山，又似喊水。

乌苏里江水长又长，大顶子山高又高。千张网百个罗一鱼叉，相互交错，赫哲人乌苏里江，赫哲人永远的家乡。

那幅鱼皮画，就是历史的长廊。

那张狗爬犁驰骋在江冰雪野。

喊一嗓子伊玛堪，和刀郎的曲调杂糅。

当年的"木克楞"已无处寻觅。只可意会的是韵味。只这三个字，就很远古。敲击它的声音，需要细品。那是远古的声韵。

那些小路，长满繁花。嗅嗅下面的土地，历史的味道。

黄河是中华民族的母亲。

乌苏里江，是赫哲人的母亲。

瞩目大江，抚摸岁月。江流诉说悠远。

音乐家们一遍遍地吟唱赫哲，挖掘，复制，演绎，终究没能唱过郭颂，于是，写一个《再唱乌苏里》，不算蹭热度。

江水炖江鱼，大碗酒，一口焖。再写一首伊玛堪，原创的。

醉了山野，醉了风。

站在松花江畔，谛听历史的涛声，逐浪远去。除了这涛声，还有另一种声音，那就是赫哲的文化传承，在一叶历史的小舟下汩汩流淌。

江　魂

都说大江是有魂魄的。我深信。不然，你怎么能如此经久不息地奔腾。不然，你怎么能入得了那么多诗，成了诗眼诗魂。

一代又一代人读你。读你千遍万遍不敢说读懂了你的真谛。心怀敬畏地瞩望你，把满怀热爱，一行热泪向你倾洒。把栏杆拍遍，只想随你荡涤。无语凝噎，只因你的不解。

江魂澎湃。激荡的，是炽热。江魂深邃。激流涌处，是厚重与深刻。江魂婉约。平静时，柔情似水无涟漪。

那么多著名的江，都有自己的标识。说长江，说黄河，说汨罗，都有自己的魂魄。

我虔诚地掬一朵浪花，尽在不言中。

雪　魄

雪的"白"，是颜色之王，把别的颜色洗干净。

一条洁白的棉被把大地暖。爱大地就给她披一身大雪，像一身洁白的婚纱。

雪很温柔，轻舞，低眉，翩翩然来，不惊扰谁也不伤害谁。它轻手轻脚地把雪花一片一片抛下来，没有一点声响，像曼妙的仙女在撒花。

撒在山峦；撒在树枝；撒在楼顶；撒在奔驰的车上；撒在路人的头上。

撒成画，撒成诗，撒成跳动的五线谱。

风的心思不可理喻，看不惯雪如此爱大地，三天两头地吹风，有时对正飘飘下落的雪，有时对大地。风把雪吹得乱七八糟，撕碎的婚纱扔得满地，好像雪里藏着春天的秘密。

风累了终于疲软下来，冬天瘫在地。春天大胆地给大地写一封情书，每一个字都在发芽。

雪停了，一大片平整的雪地像一张硕大白纸，铺天盖地。鸟儿抑或是猫的小爪儿在上面踩出梅花。

心中澎湃三个字，我以中指代笔写下"我爱你"。在冬天的尽头留下最后的字迹，大风也擦不掉。

这三个字深入大地的内心，在我生长的这片大地，让这三个字绽放在每一株植物里。

原载《北方文学》2024 年第 10 期

一个人的庄园 [外五章]

石　茵

行走在荒原上

我携带内心的长矛、利刃，收割无垠的旷野。

秋风走在我前头，同时间一样。

荒野没有路，任凭荒原把我带到

它想要带到的地方。

种子没有家，任凭它依附缠累我的裤管

山的那边，还是山，此刻容纳我肉身的旷野就是天堂。

我把真实的自己交给风，旷野那么大，而我敬畏的目光没有边际。

一切告别生机的植物，都在阿赫玛托娃的第三个秋天里死亡

我在破败的世界

建造我的梦幻庄园，这是我一个人的庄园。

爱上嫩江

早市，先于一座城池醒来

一尾鱼，一只鸡，一篮鲜嫩的青菜……

都已找好了自己的位置

晨光熹微在每一个忙碌者的脸上
你漫游期间，目光拣选着她们的命运
爱世界，不如爱一座城池
爱上一座城池，不如爱上嫩江

一条碧绿的江，倚身于这座城市的身旁
水是它的命脉，它的灵魂
古驿烟火，能否成为下游的故事
一切没有答案

人群在漫游，时间在水中漂浮
一些尚未出口的告别，追溯着流水
远处，朝霞与江水相拥
更广阔的大地正托举着天边的星辰

那些经过我的词语

每次坐公交车经过那片垃圾场
脑海里就会生出一些词
比如：生活、制造、循环、污秽、损毁
但这些词又只是一个片面

一个词又一个词，从世界的破败花园里打开
我们掩埋它们，就像掩埋我们的罪行。

在地球的每个角落，还有多少词

带着血腥，带着锈斑，带着疼痛，令我们不忍直视。

我们这些傲慢的人类，一边创造

一边损毁。

迷茫者

一只苍蝇。在我的房间

自由飞落

有时，它无辜地撞向玻璃，想要逃离

仿佛身处困境的迷茫者

它常在我耳旁，聒噪地飞过

甚至。落到果盘当中

对于这个有翅膀的昆虫，我无能为力

一个人活久了，面对死亡

即便对讨厌的事物也会生出悲悯。我放下举起的苍蝇拍

拉开纱窗。在一道通往自由的闸门旁

我凝视它远去

仿佛凝视一颗滑向天边的流星。

无心的话

一句探望的话，从你口中说出，等待

就是我的。

那些还未相见的时辰，每个经由窗前的脚步

仿佛都是你的

我将一颗又一颗葡萄，塞进时间的空隙

在寂静的宇宙里，吐出黑籽，仿若屋檐垂落的雨滴

阳光没有显现，而窗前的兰花静谧地开着

我咕哝着，这多雨的天气

当白昼的光散尽

那些豹点般灯火的窗口，拉上帘子

而今夜，将是期待的，另外一个白天。

我听出它们的语言

七月。湿地的野花拼命地开着，无尽的花海仿佛只为等我

它们用甜蜜的语言同我交谈，站在其间

我仿佛也被打开

一株剪秋罗，撑起红色的罗裙，而粉色的柳兰，始终

怀揣少女之心。

玉蝉花，山岩黄芪、黑水当归……

这人类的命名，就像我们的父辈

曾为我们命名。

谁为一朵花铺平前面的道路？鉴于神所赏赐的华美衣裳

它们不再为穿什么而忧虑

干旱的日子，金乌吐着狂野的舌头

昆虫们振动翅膀，嗡嘤着

万物注视天空，亟待一场大雨和闪电。

原载《岁月》2024 年第 7 期

后　记

王剑冰

　　2024 年的散文诗终于又集结了这么一本。

　　征稿是广泛的，来稿是踊跃的。老作家有，新作家更多。说明什么？说明散文诗在向前走着，在更新，在长江后浪推前浪。

　　这样比较起来，若老作家的作品仍有可取之处，当然也是一方代表；若不及新作家，那就必然上新作家的。因为新作家的更有冲击力，更有新鲜感。

　　诚然，散文诗要想写好也真不容易。关键一点就是出新，出新太难。谁不想出新呢？每一个写作者都想有一个突破，突破他人，也突破自己。想法当然好，就是做起来太难。

　　也就是说，有了想法，实施时却显得力不从心，还是归为了旧窠，搭不起那个迎风飘雪的新枝。

　　其实选编的时候，也有这种困扰。好的散文诗真能让人眼前一亮，就立刻欣喜地收入囊中。可是这眼前一亮的机会太少，还是打哈欠的时候多，就此产生了不少遗憾。

　　散文诗不好整，能整好的都是大本事。不信，都来试试？

2024 年冬日

2024 年选系列封面绘图画家介绍

段正渠 1958 年生于河南偃师，1983 年毕业于广州美术学院油画系。现为首都师范大学美术学院教授与博士研究生导师，中国国家画院油画所研究员，中国美术家协会油画艺委会委员和中国油画学会理事。

《山东沂蒙山写生之五》 段正渠　50cm×60cm　布面油画　2004 年

段正渠画作短评

　　在段正渠建立他的个人语言和风格之初，表现性绘画承载了艺术自由的时代意义，他所选择的对象——陕北的风土人情，则与民族和文化主体的意识有关。现在，复杂多元的画面内容代替了这些具体的文化符码，也使题材的选择上具有了极大的包容度，日常的场景，任何人、动物、植物，没有意义指向的内容，都可以入画。画面的复杂度支撑了一种具有说服力的完整性，也破解了在题材上和精神上对整一性和宏大叙事的某种依赖。借此，创作获得了自主和独立，脱离了借由题材或风格的选取来获得意义的束缚。

——卢迎华《右卫——段正渠的新作》